www.tredition.de

AF198183

Dieses Buch widme ich allen missbrauchten Kindern weltweit.

Gaby Bergbauer

Die Siegerin

Vom Kind zur Frau

www.tredition.de

© 2015 **Gaby Bergbauer**

Umschlag, Illustration:
©**Gerda Kern, 67069 Ludwigshafen.**
©**Elisabeth Ehret, 72202 Nagold**
Lektorat: **Ilona Hambitzer**

Verlag: tredition GmbH, Hamburg

ISBN
Paperback   ISBN 978-3-7323-5925-7
Hardcover   ISBN 978-3-7323-5926-4
e-Book   ISBN 978-3-7323-5927-1

Printed in Germany

Vorwort

Man trat an mich heran dieses Buch zu schreiben, weil zu viele Kinder missbraucht werden. Jedes einzelne missbrauchte Kind ist ein Kind zu viel. Aufgrund meiner Recherchen zu diesem Buch und zahlreicher Gespräche, die ich führte, erkannte ich, dass die Lobby der missbrauchten Kinder und mittlerweile Erwachsenen viel zu klein ist. Es ist erschreckend, in wie vielen Familien dieser Missbrauch vorkommt. Man bekommt das Gefühl, das es ein Kavaliersdelikt geworden ist und das darf es niemals sein. Wer wegschaut, macht sich mitschuldig am Leid der Kinder.

Kinder leiden ein Leben lang unter diesem Missbrauch. Die einen mehr, die anderen weniger. Es kann auch nicht sein, dass die Opfer weniger Hilfe bekommen, als die Täter.

Es ist Lauras Geschichte, die ich erzähle. Ihre Hochs und Tiefs werden hier sehr deutlich. Wie ihr Partner das erlebt und damit klarkommt. Es war eine große Belastungsprobe für Laura und Kevin. Nicht jede Mutter und nicht jeder Vater sind liebende Eltern. Sie suchte verzweifelt Hilfe bei ihrer Mutter, aber die fand sie nicht. Laura hat auf ihre eigene

Weise gelernt, damit umzugehen. Und nur darum kann sie heute mit erhobenen Hauptes als Siegerin in die Zukunft schauen. Und genau das wünscht sie sich für jedes einzelne missbrauchte Kind. Sie weiß, dass der Weg dorthin sehr steinig ist, aber er ist zu schaffen.

Gaby Bergbauer
September 2015

1.

Der Name Laura bedeutet - die Siegerin. Laura musste schon sehr früh kämpfen und sie malte sich aus, dass sie eines Tages über alles siegen würde. Trotz aller Schmerzen und Ängste, die sie schon in jungen Jahren erdulden musste.

Laura war anders, als alle anderen Frauen, die sie kannte. Es gab viele Unterschiede zu ihren Freundinnen. Sie waren unbeschwert und immer gut drauf. Laura war in sich gekehrt und träumerisch. Sie konnte in den Tag hinein träumen. So konnte Laura jemanden ansehen, ohne ihn wahrzunehmen. Sie konnte einfach durch die Menschen hindurchsehen und sich in einem wunderschönen Land verlieren. Mit bunten Blumen, einer Wiese, soweit das Auge reicht, wo es so friedlich war. Wo es keine Streitigkeiten, Schläge und Übergriffe gibt. Wurde sie darauf angesprochen, warum sie die Leute so anstarre, erschrak sie und kehrte mit ihren Gedanken in die Wirklichkeit zurück. Die Dämone ihrer Vergangenheit kamen sie fast jede Nacht in ihren Albträumen besuchen. Und mit ihnen kamen die Ängste. Be-

sonders die Ängste vor einer Dreispitzgarten-
harke mit der sie so oft Bedrohungen erfahren
hatte. Das alles war tief in ihrer Kindheit ver-
graben. Nur den Grund, den wusste sie lange
nicht. Sie konnte sich keinen Reim darauf machen. Lange blieben ihr viele Ereignisse aus
ihrer Kindheit verborgen. Die ganze grausige
Wahrheit sollte sie erst nach und nach über
Jahre erfahren. Man sagt, die Erinnerungen
kommen zurück, wenn Körper und Geist dazu
bereit sind, damit umzugehen. So war es auch
bei Laura.

*Siemensstadt: Nach dem Krieg lebten viele Menschen von Berlin in den Kleingärten, bis alle Wohnungen wieder aufgebaut wurden. In Berlin vollzog sich die Entwicklung von einzelnen Kleingärten zu »Laubenkolonien,« wobei die Gartenanlagen des Deutschen Roten Kreuzes zu einem Vorbild wurden. Alle Kleingärten wurden sehr rasch vereinspolitisch betreut und verwaltet - die individuelle Gestaltung und Nutzung der einzelnen Parzellen ist bis heute satzungsmäßig geregelt. Kleingärten sollen nicht größer als 400 m² sein, und sind im Allgemeinen mit gemeinschaftlichen Einrichtungen (Wege, Wasser- und Energiezufuhr, Spielplätze usw.) ausgestattet.
Quellennachweis Seite 172

Laura wurde Anfang der 50er Jahre in einer dieser Gartenkolonien in Berlin geboren. Ihre dominante Mutter Matilda lebte dort in wilder Ehe mit Norbert und ihrer erstgeborenen Tochter Nina zusammen. Nina war drei Jahre älter als Laura. In den 50er Jahren war das Zusammenleben - unverheirateter Paare mit unehelichen Kindern - von Matilda schon sehr mutig. Das ging natürlich nicht ohne Anfeindungen der Nachbarn. Die Gesellschaft war in dieser Zeit nicht bereit, diese Lebensform zu akzeptieren. So gab es auch immer wieder Streit mit den Nachbarn. Matilda war das egal, sie ließ sich von niemand etwas vorschreiben. Schon sehr früh fragten sich die Nachbarn, ob Nina und Laura auch wirklich von Matildas Lebensgefährten abstammten? Auch das Jugendamt kam durch Anzeigen der Nachbarn öfters zu ihnen, konnte aber nichts anstößliches finden. Selbst die Polizei wurde des Öfteren gerufen, um bei Norbert und Matilda einen Streit zu schlichten. Da der Polizeiwachtmeister ein »Freund« von Matilda war, kam es nie zu einer Anklage.

Norbert war gelernter Grafiker, doch nach dem Krieg war diese Berufsgruppe nicht mehr gefragt. Es wurden Handwerker für den Wiederaufbau Berlins gebraucht, was Norbert dazu brachte, das Handwerk eines Maurers zu erlernen.

Das Haus in der Kolonie baute Norbert alleine und setzte sich deutlich von den Anderen in der Kolonie ab. Norbert liebte Blumen und legte den Garten an. Insbesondere legte er großen Wert auf seine Kakteen, die ein Teil des Gartens für sich beanspruchten. Im Haus befanden sich zwei Wohnräume. Wenn man ins Haus hinein kam, ging von einem kleinen

Flur rechts das Wohnzimmer ab und links befand sich die Küche, angrenzend an der Küche erreichte man das Kinderzimmer. Matilda und Norbert schliefen auf der Couch im Wohnzimmer. Später wurde noch ein Badezimmer angebaut. Dieses war durch den Flur geradeaus erreichbar. Anfangs musste man zur Toilette um das Haus herum laufen, um zu dem Plumpsklo zu gelangen, was in der Nacht und insbesondere im Winter nicht so angenehm war. Das Kinderzimmer war durch den Umbau noch nicht ganz fertiggestellt, immer noch fehlte das halbe Dach über dem Kinderzimmer, als Laura geboren wurde.

Es war ein sehr kalter Winter im Januar und Matilda ging bei ihrer Niederkunft mit Laura auf nackten Füßen im schneebedeckten Garten spazieren. Rechts neben dem Weg hatte Norbert einen mannshohen Schneemann gebaut mit Hut und Pfeife im Mund. Die Hände hatte er in der Jackentasche. Alles sah sehr echt aus und man konnte sich erschrecken, wenn man nicht an ihn dachte. Matilda ging an ihm vorbei und hatte ganz andere Gedanken. Die

Hebamme war schon anwesend und wollte Matilda im Haus haben. Wie alles in ihrem Leben entschied Matilda selbst, was sie tun wollte.

Laura, den Namen bekam sie von der Hebamme, die bei der Hausgeburt zugegen war, ihrer Mutter fiel kein anderer Name ein. Der Hebamme Laura verdankte sie also ihren Namen. Sie wurde als 2. Tochter geboren. Der Name ihrer Schwester „Nina" bedeutet, «Die Anmutige.» Und genau so war Nina auch. Immer auf ihr Äußeres bedacht, als wäre sie von höherem Geschlecht. Die Kleidung musste schon als Kind immer akkurat sein. Kein Staubkorn durfte sich darauf befinden. Ihre Schuhe mussten mehrmals am Tag geputzt werden. Nina schlug damit völlig aus der Art der Familie. Niemand war so etepetete, wie Nina. Sie konnte richtig böse werden, wenn Laura schönere Kleider bekam, was sehr selten passierte.

Laura war im Gegensatz zu Nina absolut kein Wunschkind. Ihr Erzeuger wollte sie abtreiben, in dem man mit ihrer Mutter über Kopfsteinpflaster auf einem Motorrad fuhr, die es früher sehr oft gab. In der Hoffnung, durch die Erschütterung einen Schwangerschaftsabbruch zu erreichen. Der Plan ging allerdings nicht auf. Im Anschluss wurde ihrer Mutter im 4. - 5. Schwangerschaftsmonat 200 DM und eine neue Küche angeboten, damit Laura abgetrieben werden sollte. Ihre Mutter lehnte es mit den Worten ab: »Jetzt erst recht nicht.« Wenn sich Matilda zu etwas entschlossen hatte, konnte sie nichts und niemand davon abbringen. Egal welche Konsequenzen es nach sich zog. In diesem Fall konnte man Unterhalt von dem Erzeuger erwarten, welches auf Dauer weitaus höher ausfiel, als das Angebot, das man ihr unterbreitet hatte.

Mit der Zeit wurden die Anfeindungen der Nachbarn immer größer. Niemand wollte mit ihnen etwas zu tun haben. Auch Nina und Laura bekamen das zu spüren. Nicht nur bei den Nachbarn, besonders von deren Kindern wurde Laura oft geschlagen, für das, was ihre Mutter zu verantworten hatte. Niemand stand ihr zur Seite oder half ihr, die Erwachsenen verschlossen ihre Augen davor. Laura entwickelte vor Menschen eine große Angst und zog sich immer öfters in ihre eigene Traumwelt zurück, die sich im Gegensatz zur Realität bunt und friedvoll darbot.

Lauras Onkel Peter mütterlicherseits, wohnte in einem Einfamilienhaus am anderem Ende Berlins. Es gab zwischen ihm und seiner Schwester Matilda, wegen ihres Lebenswandels, ständig Streitereien, weil es auch im Haus von Lauras Mutter einen ständigen Wechsel von Männern gab, die dort ein und ausgingen. Andy, ein Arbeitskollege ihrer Mutter war auch dabei. Andy war verheiratet und hatte eine Tochter, die auf den Namen Anneliese hörte. Sie war im Alter von Laura. Böse Zungen behaupteten, dass Matilda die Scheidung von Andy beschleunigte.

Onkel Peter war mit Meta schon lange verheiratet und sie hatten zwei Söhne, Günter und Uwe. Sie waren exakt im gleichen Alter wie Nina und Laura. Manchmal kamen auch die Cousins von Norbert zu Besuch, die im Ostteil der Stadt wohnten. Nina und Laura wussten bald nicht mehr, wer waren nun Freunde, Bekannte oder Familienmitglieder. Nur wer die Gnade von Matilda genoss, durfte bleiben. Alles im Leben hatte seinen Preis, besonders bei Matilda.

Sehr oft wurde Laura schon als kleines Kind alleine gelassen. Ihre Eltern wartete, bis sie eingeschlafen war, und gingen dann nur mit

Nina zu Verwandten oder Freunden, oder auch zu fremden Männern? Dass Laura nachts wach wurde, damit rechnete niemand. Laura war ca. 4 Jahre alt, als sie aus Panik vor der Dunkelheit und ihren Dämonen im Kopf von zu Hause, nur mit einem Nachthemd bekleidet, durch das Loch im Gartenzaun weglief.

Laura lief nun mit ihrem Stoffäffchen durch die hell erleuchteten Straßen, nähe der Gartenkolonie und wurde prompt von einer Polizeistreife aufgegriffen. Wenige Minuten später saß Laura mit den Beamten in der Wachstube. Die freundlichen Polizisten hatten ihren Spaß an ihr, obwohl die kleine Laura ihnen die Butterbrote wegaß. Später brachten die Polizisten sie mit dem Polizeiauto, was Laura sehr aufregend und toll fand, nach Hause und sie redeten mit ihren Eltern. Norbert fand das gar nicht so toll, dass Laura von der Polizei gebracht wurde. Kaum waren die Beamten gegangen, wurde Laura sehr ausgeschimpft und geschlagen. Er sagte später zu Laura: »Man kann dich noch nicht einmal alleine lassen.«

Diese Zwischenfälle sind öfters passiert. Wenn Laura nicht von der Polizei aufgegriffen wurde, dann nahmen sich Nachbarn ihrer an. Das machte Matilda sehr wütend auf ihre

Tochter und sie wurde oft bestraft und einge-
sperrt. Dann kamen wieder diese Ängste und
Dämone zu ihr. Ihre Eltern wurden durch ihre
Schreie in Lauras Albträume geweckt und
schimpften sehr mit ihr. Manchmal gab es
auch Schläge. Wieder hatte Laura ihre Eltern
bei der Nachtruhe gestört.

Ein anderes Mal sollte Laura Zigaretten für
Norbert kaufen gehen. Und wieder war es
dunkel. Laura hatte wie immer panische
Angst in der Dunkelheit. Doch niemand nahm
Rücksicht auf sie. Immer wieder wurde sie
aufgegriffen und nach Hause gebracht, mit der
Weisung, *ihr Papa solle sich seine Zigaretten das
nächste Mal selber holen.* Wie es zu erwarten
war, wurde sie auch dieses Mal wieder ausgeschimpft und geschlagen. Norbert drohte ihr
oft mit der Gartenharke. Das verstärkte die
Angst in Laura noch mehr und die Dämone
kamen zu ihr, lachten gehässig. Noch Jahre
danach bekam Laura Albträume vor dieser
Gartenharke. Norbert wusste, wie er Laura
einschüchtern konnte. Für sie war die Gartenharke der Teufel, so malte sie es sich aus. Nur
ihrem Stoffaffen, den sie abgöttisch liebte,
konnte sie alles erzählen, er schien sie zu verstehen. Zwei Stofftiere waren für Laura in die-

ser Zeit sehr bedeutsam, ihr Affe und ein Esel. Sie hatte auch ein Eselbuch, was sie sehr liebte. Nur selten lasen sie ihr aus ihrem Lieblingsbuch vor. Die beiden Stofftiere schimpften nie mit ihr. Ihnen konnte sie alles erzählen. Sie konnte über ihre Ängste sprechen, was sie sich sonst nie traute. Als Laura das Dreitagefieber mit Erbrechen hatte, wurde sie von Norbert geschlagen. Sie störte damit seine Nachtruhe, wenn ihre Mutter nicht da war. Dann wurde sie mit dem Scheuerlappen geschlagen, womit Norbert das Erbrochene wegwischte.

Manchmal durfte sie zu ihrem Onkel Peter und seiner Familie für ein Wochenende. Dort hatte es ihr immer sehr gut gefallen. Onkel Peter war zu seinen Söhnen immer sehr streng, aber niemals zu Laura. Das genoss das kleine Mädchen sehr. Keine Drohungen, keine Schläge und auch keine Übergriffe. Oft dachte Laura, *warum kann ich nicht immer hier leben.* Später beschwerte sich Lauras Mutter, dass sie für das Essen von Laura bei ihrem Bruder etwas bezahlen musste.

Anfangs gab es in dem Haus von Lauras Eltern keinen Strom. Man musste mit der Kerze in der Hand die Räume wechseln. Laura passierte es drei Mal, dass sie an die Gardine im Kinderzimmer mit der Kerze herankam. Diese fingen sofort Feuer. Laura hatte so große Angst, wieder geschlagen zu werden, dass sie es vorzog, lieber nichts zu sagen. Leise schloss sie hinter sich die Tür und ist im Dunklen ins Wohnzimmer gegangen. Dort versteckte sie sich immer unter dem Tisch, um nicht entdeckt zu werden. Natürlich wurde das bemerkt und der Ärger war da. Als gegen Ende der 50er Jahre, endlich im Haus Strom gelegt wurde, war wenigstens diese Gefahr gebannt. Viele dieser Erlebnisse in der Kindheit haben Laura tief in ihrer Seele geprägt.

Lauras Eltern hatten, als Laura klein war, im Garten Hühner und einen Hasen. Laura liebte Tiere, besonders ihren Hasen, über alles. Norbert baute für ihn einen großen Käfig, der auf dem Rasen gestellt wurde. Eines Tages stand der Käfig leer und ihr Hase war nirgends zu finden. Sie suchte den ganzen Garten nach ihm ab. Laura war total verzweifelt und in Tränen aufgelöst, weil sie ihren Hasen nicht fand. An diesem Tag gab es zum Mittagessen ein Fleisch, was nicht nach einem Hähnchen aussah. Völlig irritiert fragte Laura, was das heute für ein Fleisch ist. Ihre Mutter sagte, dass es ihr Hase war, darauf brach Laura erneut in Tränen aus. Nein, davon wollte sie nichts essen. Dafür musste sie eine Ohrfeige für die Weigerung einsteckten. Sie weigerte sich dennoch davon auch nur einen Bissen zu essen und sie schwor sich, dass sie nie in ihrem Leben Wild essen würde, denn ihr Hase war ein Wildkaninchen, ihr Freund und Spielkamerad.

So musste sie auch mit ansehen, wenn Hühner geschlachtet wurden, wie sie ohne Kopf und stark blutend noch eine Weile durch den Garten rannten. Laura war total geschockt, aber sie durfte das nicht zeigen. Wenn sie weinte, wurde sie sofort von ihrem Vater zurechtgewiesen, damit aufzuhören. Oft wurde sie deshalb geschlagen. Das war oft zu viel für ihre kleine Seele, wo sie die Tiere so sehr liebte und nicht über diese Grausamkeit hinweg sehen konnte.

Matilda erzählte ihren beiden Töchtern immer wieder, dass sie selbst unbedingt Artistin werden wollte und erwartete von ihnen den gleichen Enthusiasmus, den sie selbst empfand. Besonders gut beherrschte sie selbst den Umgang mit dem Rhönrad. Zu Matildas Ärgernis waren ihre Eltern strikt dagegen, mit dem Argument, dass es nur eine brotlose Kunst sei. Was Matilda verwehrt blieb, sollten nun ihre beiden Töchter erfüllen. Sie brachte ihnen besondere Kunststücke bei.

Nina die Vornehme war zu steif dafür, und so wurde Laura vieles beigebracht. Laura konnte sich auf dem Bauch legen, die Hände aufstützen, den Kopf nach hinten strecken und die Füße an den Kopf legen. Sie war sehr gelenkig und sie strengte sich an, in der Hoffnung so die Zuneigung ihrer Mutter zu erhalten, die ansonsten Nina für sich verzeichnen konnte. Nur konnte Laura ihrer Mutter nie etwas recht machen. Bei jedem Besuch, der zu ihnen nach Hause kam, musste Laura ihre Kunststücke vorführen. Ohne dass sie sich ihre Muskeln aufwärmen konnte. Das war ihrer Mutter nicht wichtig. Laura hatte auf Befehl zu funktionieren. Wehe, es waren nicht beide Füße akkurat dicht am Kopf anliegend.

Dann gab es wieder Schelte. Es wurden Bilder gemacht und noch Jahre danach bekam Laura zu hören, dass nur ein Fuß auf dem Bild exakt am Kopf war. Laura hoffte bei jedem Besuch, dass sie das nicht immer wieder vorführen musste. Ihre Mutter hatte aber kein Erbarmen mit ihr. Und Besuch war ständig zugegen.

Ein kleines hübsches Mädchen mit blonden Locken ist Laura geworden. Jeder mochte sie, besonders die männlichen Besucher ihrer Eltern. Sie musste sich alles gefallen lassen. Wollte sie weglaufen, sagte ihre Mutter zu ihr, sie solle sich nicht so anstellen. Sie sah ihre Mutter flehend an, aber sie hatte kein erbarmen mit ihr. Manchmal sah sie, wie ihrer Mutter Geldscheine zugesteckt wurden. Laura weinte, schrie, es half nichts. Dann versuchte Laura, sich in ihr schönes friedliches Land mit den vielen bunten Blumen und satt grünen Wiesen zu denken. Diese Art Trance half ihr das zu überstehen und sie lächelte. Ihre Eltern glaubten, sie hatte Spaß dabei. Sie missverstanden die Situation völlig. Ein Kind von 5 Jahren hat keinen Spaß am Sex. Laura wollte nicht mehr hübsch und niedlich sein. Sie fing an, ihren Körper zu hassen, der ihr so viele Schmerzen bereitete. Einmal sah Laura, dass die Männer auch zu ihrer Schwester gingen. Nina ertrug es, ohne einen Ton zu sagen.

Es kamen viele Leute zu ihnen nach Hause, meistens Männer. Laura konnte sie nicht auseinanderhalten, wer Freund oder Feind für sie war. Ihre Oma Marie mütterlicherseits und Onkel Peter mit seiner Familie kannte sie gut. Wenn sie zu Besuch kamen, ging es Laura gut. Onkel Peter hatte ein Segelboot, das war sein ganzer Stolz. Die Freude war sehr groß, als Onkel Peter sie einmal zum Segeln mitnahm, ohne ihre Mutter, ohne Norbert und Nina. Alle hatten eine Menge Spaß. Laura konnte aufatmen, niemand wollte in diesen paar Stunden etwas von ihrem Köper. Die Zeit ging leider viel zu schnell vorbei und Laura musste wieder nach Hause.

Als Laura 10 Jahre alt war, sollte genau in der Laubenkolonie, wo sie wohnten, die Feuerwache Siemensstadt gebaut werden. Die Kolonie musste dem Bau der Feuerwache weichen. Sehr viele Nachbarn waren schon weggezogen, nur Lauras Mutter weigerte sich. Sie hatte einen längeren Pachtvertrag und das wollte sich Matilda gut bezahlen lassen. Vom hinteren Teil der Kolonie fing man schon an, mit dem Abriss der ganzen Häuser. Die hohen Sandberge kamen immer näher an ihr Grundstück, der Zaun wurde von den Sandbergen fast komplett eingedrückt. Für Laura und ihre Freundin waren die Sandhügel ein idealer Platz zum Spielen. Sie hatte natürlich die Schuhe voller Sand und sie wurde wieder ausgeschimpft, als sie ins Haus gehen wollte.

Schließlich bot man ihrer Mutter eine Wohnung in einer Siedlung an, aber sie stellte weiterhin Bedingungen. Sie war herzkrank und konnte keine Treppen steigen, also wurde ihr eine Vier-Zimmerwohnung im Erdgeschoss angeboten. Die Sache hatte nur einen Haken. Um in den sozialen Wohnungsbau eine Wohnung beziehen zu können, musste man, noch Anfang der 60er Jahre, verheiratet sein. Und das waren Norbert und Matilda nicht. Matilda wollte nie heiraten, nun sah sie sich gezwungen, dies doch zu tun. Die Zeit drängte immer mehr, weil die Baufirma auch das letzte Grundstück einnehmen wollte. Gezwungenermaßen haben Matilda und Norbert im Dezember geheiratet. Es gab nur eine standesamtliche Hochzeit. Matilda hatte ein blaues

Cocktailkleid an. Zuhause, wo die Feier abgehalten wurde, setzte sich Matilda einen weißen Schleier auf. Das sah sehr komisch aus. Auch Norbert fand, dass er nicht passte, aber er traute sich nichts zu sagen.

Im Frühjahr 1964 zogen sie in die neue Wohnung. Sie hatte 4 Zimmer und war sehr geräumig. Viel mehr Platz als im Haus in der Kolonie. Da das Wohnzimmer zwei Türen hatte, konnte man im Kreis durch den 1. Flur, Küche, 2. Flur und Wohnzimmer laufen. Laura musste sich ein Zimmer mit ihrer Schwester Nina teilen. Kurz nach dem Einzug kam Andy dazu, ein Freund der Familie. Es dauerte nicht lange und es wurde ein Etagenbett gekauft, weil noch Günter hinzukam. Es war nicht erlaubt, die Wohnung unterzuvermieten, aber Lauras Mutter störte das nicht.

Sehr wehmütig nahm Norbert einen Teil seiner geliebten Kakteen mit. Für alle war kein Platz auf dem kleinen Balkon der Wohnung. Ein Balkon ist nun einmal kein Garten. Er belagerte auch das Fensterbrett vom Wohnzimmerfenster. Es wurde ein großer Kasten gebaut, um das Fensterbrett auch in der Tiefe zu vergrößern, mit Kakteenerde gefüllt, damit so viele Pflanzen wie möglich Platz fanden. Matilda schimpfte, weil sie dieses Fenster nicht putzen konnte. Durch den Kasten war es nicht mehr möglich, das Fenster zu öffnen. Man konnte es nur noch Kippen. Norbert selber riss sein Haus in der Kolonie ein, dass er mühevoll gebaut hatte. Es war für alle eine Umstellung, plötzlich in einer Wohnung zu leben, wo sie mit den Nachbarn so eng zusammenwohnten. Laura wurde aus diesem Grund auch nicht mehr von ihrem Vater angefasst. Es war ihren Eltern wohl zu gefährlich, Laura in einer Mietswohnung laut schreien zu lassen. Es gab auch nicht mehr so viele Männerbesuche, an die sie weiter gereicht wurde. Damit fing für Laura eine bessere Zeit an. Sie blieb trotzdem argwöhnisch. Sie traute dem Frieden nicht.

Am 1. Juni 1964 schickten Lauras Eltern sie früher zur Schule als sonst. Als sie von der Schule nach Hause kam, war ihr Bruder Armin geboren. Er war ein absolutes Schreikind. Er schrie die ganze Nacht durch und am Tage schlief er. Die drei Kinder mussten nun in einem Zimmer schlafen, da im anderen Zimmer die fremden Männer hausten. Es war nur

ein kleines Zimmer, wo rechts zwei Betten hintereinander standen, auf der linken Seite stand nun das Kinderbett für Armin. Es war auch nur ein kleiner Gang zum durchlaufen. Laura konnte oft kein Auge zu machen. Sie musste aber zur Schule gehen. Oft ist sie im Unterricht eingeschlafen. Was zur Folge hatte, dass die Lehrer ihre Eltern zur Schule beorderten. Matilda hasste es, wenn sie zur Schule wegen eines ihrer Kinder beordert wurde. Norbert und Matilda stritten sich ständig, wer dort nun hingehen sollte. So war es auch an den Elternabenden. Und wieder bekam Laura von ihren Eltern Ärger, weil sie in der Schule manchmal die Augen nicht offen halten konnte. Trotz allem liebte sie ihren kleinen Bruder. Oft musste sie ihn beaufsichtigen, da ihre Eltern keine Zeit dafür hatten.

Laura durfte niemanden sagen, dass sie ein Brüderchen bekommen hatte. In der ganzen Schwangerschaft ist ihre Mutter kaum aus dem Haus gegangen und wenn nur spät abends. Sie wollte nicht, dass man sieht, dass sie schwanger war. Um alles wurde ein Geheimnis gemacht. Für Laura war es sehr schwierig, denn die Nachbarn fragten danach. Man konnte das Baby doch schreien hören.

Laura verstand die Welt der Erwachsenen nicht und niemand gab ihr eine Antwort, warum das so ist. Am wenigsten ihre eigene Mutter. Laura wollte nicht lügen, aber die Wahrheit sagen durfte sie auch nicht. Ob die Nachbarn sich nicht wunderten, dass auf einmal ein Kinderwagen im Treppenhaus stand? Das alles konnte Laura nicht verstehen, niemand schien eine Antwort für sie zu haben.

2.

Mit zwölf Jahren erfuhr Laura durch Zufall, dass sie einen anderen Vater hatte als ihre Geschwister. Es stand eine Klassenfahrt in der Schule an und Laura bekam von ihrem Vater ein Schreiben für die Lehrerin, er war in einem verschlossenen Briefumschlag. Was war so geheimnisvoll, dass man nicht mit ihr darüber sprach und alles in verschlossene Umschlägen tat, das fragte sie sich oft. Dieses Mal wollte sie wissen, was so geheimnisvoll war und sie öffnete den Brief und las, dass Norbert gar nicht ihr Vater ist. Da ihre Mutter keine Arbeit hatte, konnten auch nicht die erforderlichen Zahlungen für die Klassenfahrt geleistet werden. Es war so, das ihre Mutter dann nur einen kleinen Betrag für die Klassenfahrt aufbringen musste. Laura freute sich auf die Klassenfahrt, überall war sie gerne, nur nicht Zuhause.

Laura war total fassungslos. Immer und immer wieder las sie diesen Brief. Die Zeilen verschwammen ihr vor den Augen, die nun tränennass waren. Wie sollte sie damit umgehen? Konnte sie jemanden danach fragen? Sie nahm eines Tages ihren ganzen Mut zusammen und fragte ihre Mutter. Zuerst gab es ein Theater, weil sie den Brief geöffnet hatte, da er für die Lehrerin bestimmt war. Ja sie hatte einen anderen Vater als ihre Schwester und ihr Bruder. Ihre Mutter sagte ihr: »Irgendwann hätte ich es dir erzählt, wenn du reif dafür gewesen wärst. Papa ist doch kein schlechter Vater zu dir gewesen, oder?« Wieder traute Laura sich nicht, ihrer Mutter zu widersprechen. Laura hörte von Kindheit an ihre Mutter ständig sagen, dass sie in der Entwicklung zwei Jahre zurück sei. Wie kam sie nur darauf? Sie hatte das nie verstanden. Fremde Menschen waren nicht der Meinung. Auch das war wieder ein Mittel, wo Lauras Mutter sie kleinreden konnte. Lauras Selbstbewusstsein tat das nicht gerade gut. In ihrem Kopf arbeitete es. Wann wäre sie nach der Meinung ihrer Mutter reif genug gewesen, um zu erfahren, dass sie einen anderen Vater hatte? Wer war denn nun ihr Vater? Eine Antwort bekam sie erst einmal nicht.

Von diesem Moment änderte sich sehr viel für Laura. Auf einmal wollte Nina nichts mehr von ihr wissen. Sie hielt auch nicht mehr zu Laura, wie sie es früher immer tat. Es gab immer öfters Streit zwischen den Beiden. Laura verstand den Grund einfach nicht. Wusste Nina mehr darüber? Diese Kälte, die ihr nun entgegengebracht wurde, ließ sie oft frieren. Eines Tages schaute sich Laura alte Fotos an und auf einmal sagte ihre Mutter: »Das hier ist dein Vater, aber er will von dir nichts wissen, frag also nicht weiter und finde dich damit ab.« Laura sah auf diesem Bild, ihre Mutter, ihren Stiefvater und ihren leiblichen Vater. Dann saßen noch Nina und sie selbst mit am Tisch bei einer Silvesterfeier. Ihre Schwester und sie hatten Hexenhäuschenhüte auf dem Kopf. Laura schätzte sich auf ca. 5 Jahre auf diesem Bild. So sah also ihr Vater aus. Er hatte wie sie lockige Haare. Warum wollte er nichts mit ihr zu tun haben, wenn er doch mit ihrer Familie Silvester feierte? Laura verstand das alles nicht. Es gab zu viele Fragen in ihrer Familie und zu wenig Antworten.

Dann ist Laura aufgefallen, immer wenn sie zum Arzt musste, bekam sie den Krankenschein in einem verschlossenen Umschlag. Früher hatte sie sich nie solche Gedanken darum gemacht. Für sie war das normal. Aber nun, wo sie wusste, dass sie einen anderen Vater hatte, ging ihr das durch den Kopf. Das nächste Mal würde sie aufpassen. Und richtig, auf dem Krankenschein stand der Name ihres leiblichen Vaters. Er wohnte mit seiner Familie in der gleichen Stadt. Einige Jahre vergingen und mit der Zeit vergaß sie ihren leiblichen Vater, weil immer nur Stillschweigen herrschte, wenn sie Fragen stellte.

1966 gewann Lauras Mutter im Lotto, fünf richtige mit Zusatzzahl. Matilda kaufte sich davon ein Kajütboot. Das Holzboot wurde 1930 erbaut. Es war 12m lang, 2,20m breit und hatte einen Tiefgang von 0,80m. Natürlich wurde das Boot auf den Namen Matilda getauft, wie konnte es anders sein. Immerhin schien sie das Zentrum des Universums zu sein. Zu dieser Zeit ahnte Laura noch nicht, wie sehr sie eines Tages das Boot hassen würde. Norbert baute das Kajütboot um. Aus den kleinen Fenstern rechts und links wurden Panoramafenster eingebaut. Mit Resopalplatten wurde der Aufbau verkleidet. Es konnten vier Leute bequem darauf schlafen. Der Tisch konnte eingeklappt werden und die Sitze wurden als Liegefläche umgeklappt. Laura hasste das Boot abgrundtief. Nun war sie in ihrer Freizeit noch mehr eingeschränkt, sie musste ständig auf ihren kleinen Bruder aufpassen und sie konnte ihre Freunde an den Wochenenden oder in den Ferien nicht mehr sehen. Lauras Mutter sagte immer zu ihr: »Eines Tages wirst du uns dankbar sein.« Oh nein, dieser Tag kam nie. Armin war inzwischen zwei Jahre alt geworden. Er und Nina liebten das Boot. Jeden Sommer die kompletten Ferien wurden auf dem Wannsee verbracht. Lauras Mutter legte nicht immer dort an, wo es erlaubt war. Manchmal auch an einem kleinen Steg, sodass das Heck des Bootes beim Wellengang gegen die Steine der Uferböschung schlug. Dann musste Laura immer ganz alleine auf dem Boot bleiben und das Boot mit einer Starke von den Steinen weghalten. Bei jedem größeren Boot oder Schlepper, der vorbei fuhr, wackelte das Boot bei den Bug- und Heckwellen. Laura hatte große Angst, dass sie wieder Fehler machte und dann wieder bestraft wurde.

Laura konnte ihre Freundinnen nicht mehr treffen. Ihrer Mutter war es egal, sie sagte nur: »Deine Freunde können hier raus kommen.« Das ging nicht, weil deren Eltern es nicht erlaubten. Eines Tages gab es nachts einen Unfall am Wannsee, der glasüberdachte Ausflugsdampfer »Sanssouci« kam an das Ankerseil und drückte das Boot am Heck unter Wasser. Angeblich unbemerkt. Lauras Mutter hatte ihn gleich in Verdacht. Beide mochten sich nicht. Leider fing Matilda mit jedem Streit an. Und so behauptete der Kapitän der Sanssouci, nichts bemerkt zu haben. Somit bekam Matilda auch keine finanzielle Entschädigung. Es stand Aussage gegen Aussage. Beide Parteien konnten keine Beweise beibringen, wer schuld war. Es gab keine Zeugen. Das war eine große Tragik in der Familie, nur Laura freute sich diebisch darüber. Ihre Gebete wurden erhört. Das Bedeutete mehr Zeit für ihre Freundinnen. Es dauerte sehr lange, bis der Wasserschaden repariert wurde und das Boot wieder benutzbar war.

Nina war von dem Boot ganz begeistert, weil sie so auch Leute kennenlernte, die auch Boote hatten, aber eben auch spritzige Rennboote. Und diese Besitzer von den Rennbooten besaßen viel Geld. Das war ganz nach Ninas Geschmack und Lebensstil. Sie fing sogar an, sich für das große Kajütboot ihrer Eltern zu

schämen. Es war eben kein schnittiges Rennboot.

Nina war eines Tages nicht auf dem Boot,
da kam ein Freund von ihr und nahm Laura
mit in sein schickes Rennboot. Er fuhr mit ihr
bis fast in die Mitte des Wannsees und schaltete den Motor aus. Er näherte sich Laura und
zog sie auf den Boden. Laura bekam Panik
und hatte nicht die Kraft sich zu wehren. Er
legte sich auf sie. Ein Ausflugsdampfer fuhr
an ihnen vorbei und Laura hoffte, er würde
von ihr ablassen. Sie wehrte sich so gut sie
konnte. Siggi sagte aber, sie soll schön lieb zu
ihm sein, sonst würde er sie über Bord werfen.
Das war Laura egal, sie konnte schwimmen
und wollte nur weg. Sie hatte nur noch Angst.
Er holte seinen Penis heraus und Laura fing an
zu schreien. Nicht schon wieder, hört das
denn nie auf? Die Dämonen und Ängste waren wieder da. Laura schrie und schrie. Er legte seine Hand auf ihrem Mund und bedrohte
sie. Vermutlich war die Sache mit Laura doch
zu heiß, da an diesem Sonntag viele Boote
unterwegs waren, ließ er doch von ihr ab und
drohte ihr, sollte sie etwas zu Hause von dem
Vorfall erzählen. Er war sich sicher, dass man
ihr nicht glauben würde. Laura zitterte am

ganzen Körper. Sie musste sich gut festhalten, damit sie nicht aus dem Boot flog, weil er so forsch anfuhr.

Als Laura wieder auf dem Boot ihrer Eltern war, brach es aus ihr heraus und sie weinte bitterlich. Ihre Mutter fragte, was los war. Siggis Boot war noch an dem Boot ihrer Eltern festgemacht. Es kam zu wüsten Beschimpfungen. Da Siggi ihre Mutter beleidigt hatte, ging sie am nächsten Tag mit Laura zur Polizei. Nicht um Laura zu helfen, sondern um ihr eigenes Ego zu befriedigen. Niemand hat Matilda zu beschimpfen. Es kam zur Vernehmung und Lauras Mutter sollte nicht dabei sein. So wurde Laura gefragt, ob sie das wollte, dass ihr Mutter dabei sein soll, sie sagte, dass es ihr egal sei. *Wie sollte sie denn auch sagen, dass sie eigentlich nicht mochte, dass ihre Mutter dabei ist? Das würde doch gleich wieder Konsequenzen für sie haben.*

Demzufolge durfte ihre Mutter bei der Vernehmung nicht anwesend sein, um die Aussage von Laura nicht zu beeinflussen. Als die Vernehmung zu Ende war und sie die Polizeiwache verließen, schimpfte ihre Mutter mit ihr, weil sie vom Gespräch ausgeschlossen wurde. Sie verlangte von Laura, ihr alles zu erzählen, was gesprochen wurde. Laura sagte ihr nicht alles und wollte nur noch nach Hause und in Ruhe gelassen werden. Nun war auch noch Nina mit Laura sauer, weil sie ihren Freund somit verloren hatte. Siggi hatte das schnittigste Boot auf dem Wannsee. Siggi war auch mit Christian Anders befreundet, der auf dem Wannsee mit seinem Boot anzutreffen war. Natürlich war er ständig von vielen hübschen Frauen umgeben. Und Siggi gab damit an, dass er mit dem Sänger befreundet war. Laura hasste immer mehr das Boot ihrer Eltern. Sie hatte keinen Menschen, mit dem sie über ihre Ängste sprechen konnte. Sie hatte nur ihre beiden Stofftiere, die ihr zuhörten.

Andy, der Untermieter, der bei ihnen wohnte, erzählte Laura eines Tages, dass er ausziehen würde und sie nichts ihrer Mutter sagen sollte. Sonst würde sie wieder ein Theater machen. Er hatte eine Freundin gefunden. Und in einer Nacht und Nebelaktion zog er dann aus. Laura hatte ihrer Mutter nichts davon gesagt, dass sie es wusste, sonst hätte das auch für sie Konsequenzen gehabt. Lauras

Mutter war total aufgelöst und beschimpfte Andy in seiner Abwesenheit aufs Übelste. Sie im Bett und trauerte. Laura verstand es nicht, sie war doch mit Norbert verheiratet. Matilda gab Laura den Auftrag: »Geh zu Andy zu seiner Arbeitsstelle und sage ihm: Wenn er will, dass ich weiter lebe, dann soll er sofort zurückkommen.« Laura war zwölf Jahre alt und mit der Situation total überfordert. Ihre Mutter duldete kein nein. Sie tat, was sie tun sollte. Erst musste sie sehr lange warten, bis Andy Feierabend hatte. Es war aber zu spät, Andy wollte nicht mehr zurück. Er redete noch einmal mit Lauras Mutter, aber zurück kam er nicht. Dieses Theater hat natürlich die ganze Familie mitbekommen. Lauras Onkel deutete an, dass Armin vielleicht von Andy abstammte und nicht von Norbert. Der Krach in der Familie war damit perfekt. Ihre Mutter brach daraufhin sofort den Kontakt zu ihrem Bruder ab. Ehrlich zu sagen, was man dachte, durfte man bei Matilda nicht. Laura wunderte sich, dass es kaum Kontakt zu den näheren Verwandten gab. Auch nicht zu der Familie von Norbert.

Als Andy nicht mehr zurückkam, zog ein neues Familienmitglied in die Wohnung ein.

Lauras Mutter hatte wieder jemanden, der ihr das ganze Geld abgab. Es war der Bruder von Norbert, Joachim. Laura konnte ihn von Anfang an nicht leiden. Sie hatte eine starke Abneigung gegen ihn. Was ihr besonders auffiel, immer wenn er in ihrer Nähe war, fasste er sich in den Schritt. Laura hatte panische Angst, dass es wieder zu einem Übergriff auf ihre Person kam. Aus diesem Grund mied sie Joachim, wo sie nur konnte.

Sie wollte, dass Joachim wieder geht und sie überlegte, wie sie es anstellen konnte. Joachim wollte ihr immer sagen, was sie zu tun und zu lassen hatte. Und immer wieder rieb er sich an seinem Geschlechtsteil in ihrer Gegenwart. Eines Tages lag Geld auf der Anrichte und Laura nahm es und steckte es an Joachims Hut. Natürlich fragte ihre Mutter, wer das Geld weggenommen hatte. Laura konnte mit ruhigem Gewissen sagen, dass sie es nicht hat. Dann wurde der Hut von Joachim gefunden. Die Mutter von Laura war sehr sauer. Es kam alles heraus und Laura erzählt unter Tränen, warum sie es tat. Joachim musste die Wohnung verlassen. Norbert war sehr traurig, dass sein Bruder gehen musste. Laura aber freute sich, dass Joachim weg war. Wenige Tage später wurde Joachim in einem Obdachlosenheim tot aufgefunden. Norbert sah Laura strafend an. Und wieder wollte er ihr ein schlechtes Gewissen einreden.

Laura verließ mit 15 Jahren die Schule, musste sie in die Fabrik gehen, um Geld zu verdienen. So gerne hätte sie eine Lehre als Tierpflegerin gemacht. Sie liebt Tiere über alles, doch Selbst durfte sie leider kein Haustier haben. Sehr gerne führte sie den kleinen Pudel ihrer Nachbarin Gassi. Tiere waren eben ganz anders als Menschen. Das spürte Laura schon sehr früh. Sie sind nicht hinterhältig, zeigen immer ihre Liebe zum Menschen. Klar, dass so etwas Matilda nicht verstehen konnte.

Ihre Mutter sagte zu ihr: »Wenn du etwas lernen willst, dann lerne Masseurin, dann kannst du mir auch mal helfen, mir schmerzen die Füße und der Rücken.»Alles, nur das wollte Laura nicht. Sie wollte nicht an den Körper ihrer Mutter oder an irgendjemanden anderen ran.« Lauras Mutter war der Auffassung »Mädchen heiraten und brauchen keinen Beruf. Sie haben sich um ihre Männer und den

Haushalt zu kümmern.« Und ausgerechnet das kam aus ihrem Munde?

Laura sollte Geld verdienen und es dann zu Hause komplett abgeben. Selbst Taschengeld bekam sie nie. Schließlich habe sie jahrelang gut gelebt, ohne etwas zu bezahlen. Laura dachte an ihre Kindheit und wurde sehr traurig. Nina und Laura gingen in die gleiche Fabrik. Dort wurden unter anderem die Röhren für die Fernsehgeräte hergestellt. Laura war sehr unglücklich, ihren ganzen Lohn abgeben zu müssen. Sie fragte sich, was ihre Mutter mit dem ganzen Geld machte. Alle gaben ihr ganzes Geld bei Matilda ab. Ihr Stiefvater verdiente als Maurer nicht schlecht. Dann lebte noch Andy nach seiner Scheidung bei ihnen, später Joachim. Böse Zungen berichteten, dass Matilda die Scheidung von Andy vorangetrieben haben soll. Auch Andy musste sein Geld abgeben. Ihre Mutter war sehr sauer, dass Andy für seine Tochter Alimente zahlen musste. Dann kam noch der Lohn von Nina und Laura hinzu. Geld schien für Matilda eine große Bedeutung zu haben.

Auch wunderte sich Laura, dass ihre Mutter so mit den Männern herumspringen konnte. Bei ihrem Onkel Peter war das umgekehrt, da machte seine Frau, was er sagte. Onkel Peter und Tante Meta waren Schneider von Beruf. Sie arbeiteten auch sehr oft von Zuhause aus. Laura durfte sich das alles einmal ansehen. Onkel Peter schneiderte Herrenanzüge. Matilda war es nicht recht, dass ihr Bruder nichts für sie nähte und für Änderungen musste sie immer zu lange warten. Onkel Peter war der einzige Mann, der Matilda Paroli bot. Er ließ sich nichts von seiner Schwester sagen. Damit konnte sie nun überhaupt nicht umgehen. Für Matilda waren Männer nur Marionetten, die nach ihrer Pfeife zu tanzen hatten. Und so, wie es aussah, gab es genügend Männer, die das taten.

Nina war bei ihren Eltern immer die Gute, Graziöse und Feine von den Beiden. Laura dagegen musste das tun, wozu ihre Schwester sich zu fein war. Nina brauchte zum Beispiel nie einkaufen gehen, sie gab an, weil ihre Haare nicht gemacht waren, und auch schminken musste sie sich noch zuvor und das würde doch viel zu lange dauern. Das sah ihre Mutter ein, also bestimmte sie, dass Laura zu gehen hatte. Diskussionen von Laura wurden nicht geduldet. Und trotzdem liebte Laura ihre

Schwester, auch wenn das Verhältnis mehr als schwierig geworden ist.

Laura wurde 16 Jahren alt, da teilte ihre Mutter ihr mit, dass ihr leiblicher Vater Albert (Laura nannte ihn nur den Erzeuger) für sie ein Sparbuch angelegt hatte. Das nun zur Auszahlung kam. Matilda, die Lauras Vormund war und das Sparbuch in die Hände bekam, hob das Geld ab und kaufte davon ein neues Sofa. Für Laura fiel lediglich eine Armbanduhr ab, damit sollte sie letztendlich zufrieden sein. Das war das erste Mal nach langer Zeit, das ihr leiblicher Vater wieder für kurze Zeit ins Gespräch kam. Und gleich wurden wieder alle Fragen in Schweigen gehüllt. Laura erfuhr auch nie, wie viel Geld auf diesem Sparbuch vorhanden war.

Laura gefiel die Arbeit in der Fabrik absolut nicht, sie wusste, dass sie mehr konnte, und strebte eine bessere Arbeitsstelle an. Aber dafür benötigte sie eine Ausbildung, oder zumindest bessere Kenntnisse. Ohne das Wissen ihrer Eltern schloss Laura einen Vertrag mit einer privaten Schule für einen Schreibmaschinenkurs und Stenografie ab. Sie wollte beruflich weiter kommen. Natürlich konnte Laura vom Alter her noch keine Verträge abschließen, da sie nicht volljährig war. Ein Mitarbeiter von der privaten Schule kam zu ihren Eltern nach Hause. Gott sei Dank konnte er ihre Eltern in einem langen Gespräch davon überzeugen, dass es wirklich eine gute Sache für Laura ist. Das Schmerzlichste für Matilda waren daran die 60 DM im Monat, die sie von Laura weniger bekam. Laura besuchte die Schule sehr gerne und schnitt auch gut ab.

Immer wieder wurde Laura zuhause beschimpft, wenn sie für die Schule lernen und üben wollte. Immer wieder hörte sie, dass die Schreibmaschine zu laut ist und Stenografie würde sie doch sowieso nicht begreifen. Dass ihre Eltern unrecht hatten, gefiel ihnen überhaupt nicht. Dafür musste sich Laura ständig anhören, wie sinnlos die Schule war und das schöne Geld zum Fenster hinaus geworfen wurde. Im Gegenteil, Laura beherrschte die Stenografie sogar sehr gut, sodass sie mit ihrer Freundin, die die gleiche Schule besuchte, nur noch in Stenografie schrieb. Ihre Post wurde von ihrer Mutter stets geöffnet. So konnte ihre Freundin Heidi ihr schreiben, was sie wollte, ihre Mutter konnte es nicht lesen. Dies war eine große Erleichterung für Laura. Und sie hatte die Schule mit Bravour bestanden.

Und wieder kamen die Dämonen in ihre Gedanken und lachten sie aus. Dass es wieder eine falsche Entscheidung von ihr war und sie ihre Eltern enttäuscht hatte. Eigentlich hatte Laura erwartet, dass ihre Eltern endlich einmal stolz auf sie waren. Laura wischte die Dämonen aus ihren Gedanken, denn sie war so stolz auf sich, dieses Projekt alleine bewältigt zu haben.

Immer wieder hörte Laura von ihren Eltern, dass sie zu dumm sei und nichts erreichen könnte. Sie glaubten ihr auch die Bescheinigung von der privaten Schule nicht, dass sie sie bestanden hatte. Sie fragten Laura allen Ernstes, ob sie mit dem Schulleiter im Bett war, um diese Bescheinigung zu bekommen. Laura war total entsetzt. In Sekundenschnelle konnten ihre Eltern sie wieder nach unten ziehen. Das Selbstbewusstsein von Laura war nicht sehr groß. Sie hatte alle Anzeichen von einer dissoziativen Störung.

Wer entwickelt eine dissoziative Störung?

„Personen, die ein hohes emotionales Erregungsniveau haben, dissoziieren schneller und stärker. Das heißt aber natürlich nicht, dass sie auch eine Störung entwickeln", so Privatdozent Dr. Christian Stiglmayr. „Grundsätzlich werden eine erhöhte Suggestibilität und Traumata-Faktoren, **besonders früher sexueller Missbrauch oder Gewalterfahrungen**, als Faktoren untersucht, die Menschen für eine dissoziative Störung anfällig machen." Die Dissoziation wird als ein Bewältigungsprozess eines traumatischen Ereignisses gesehen. Das Erlebte ist so belastend für die betroffene Person, dass der Gedächtnisverlust oder die Schaffung einer neuen Identität einen Schutzmechanismus darstellt. Wird ein Kind sexuell missbraucht, ist die Vorstellung, die Misshandlungen geschehen wem anders, ein Abwehrmechanismus. Halten die Traumatisierungen länger an und wiederholen sich, dann kann sich die Schaffung einer zweiten Identität verfestigen.

Wie können Freunde und Familie helfen?

Wenn Freunde oder Bekannte von dissoziativen Phänomenen erzählen, ist es wichtig, aufmerksam zuzuhören und nachzufragen, ob es bestimmte Stressereignisse gibt. „Man sollte Unterstützung anbieten und fragen, ob es etwas gibt, wie die Person den Stress reduzieren kann. Es kann auch hilfreich sein, wenn man vorübergehend der Person etwas Arbeit abnimmt", so Stiglmayr. Allerdings gebe es auch dissoziative Störungen, wie beispielsweise Lähmungserscheinungen, wo Zuwendung dazu beitrage, dass die Symptome aufrechterhalten werden, warnt der Experte. „Wenn die Symptome die Lebensqualität der befreundeten Person stark einschränken, sollte man ihr zureden, sich in Therapie zu begeben." Quellennachweis Seite 172.

Erinnerungen an den unerträglichen körperlichen und seelischen Schmerz kann das Gehirn nicht ungeschehen machen. Es kann auch nicht ausgelöscht werden. Sie können aber für das Bewusstsein derart unerträglich sein, dass sie aus dem bewussten Erleben ausgeschlossen und in »Kammern« im Bereich des Unbewussten weggeschlossen werden. Die dorthin verdrängten Erinnerungen können eine erhebliche Kraft entfalten, dass sie eines Tages als Flashback zurückkommen. Man hat oft Derealisationsgefühle, neben sich zu stehen, Unwirklichkeitsgefühle, extremes Tagträumen. All das hatte auch Laura. Sie hatte oft das Gefühl, neben sich zu stehen. In Tagträume flüchtete sie sich sehr oft, um das alles ertragen zu können.

Lauras Freunde beglückwünschten Laura für ihren Mut, dass sie bis zum Ende durchgehalten hat. Und vor allem, dass sie sich selbst an die Privatschule gewandt hatte. Sie wussten, wie schwer Laura es zuhause hatte. Dieser Zuspruch von den Freunden gab ihr wieder Zuversicht, doch auf dem richtigen Weg zu sein. Egal was Laura anstrebte, in den Augen ihrer Eltern war es immer falsch und sie bekam immer mehr Stress. Mit dem Stress kamen ihre Ängste. Das zu kompensieren, fiel Laura sehr schwer. Es war ein ewiger Kreislauf.

Zu Lauras 18. Geburtstag bekam sie Post von ihrem leiblichen Vater Albert. Er würde sie gerne kennenlernen. Auf einmal? All die Jahre hatte er sich nicht um sie gekümmert. Hätte er vielleicht schlimmes verhindern können?, dachte sich Laura. Ihre Mutter sagte zu

Laura, jedes Mal wenn sie nach ihrem leiblichen Vater fragte, dass er nichts von ihr wissen wollte. Doch in diesem Brief erwachte die Neugier in Laura.

Sie traf sich ein paar Tage später mit ihm in einem Café auf dem Kudamm im Zentrum von Berlin. Laura war furchtbar aufgeregt und nervös, als sie das Café betrat. Heute war wohl der Tag, an dem es zur Aussprache mit ihrem Erzeuger kommen sollte. Er erklärte ihr, dass er sich bei ihr nicht melden durfte. Ihre Mutter hatte es über das Jugendamt verhindert. Nun braucht er nicht mehr für sie die Alimente zahlen und deshalb wollte er sie kennenlernen. Laura konnte nicht verstehen, warum sie Jahre lang von ihrer Mutter belogen wurde.

Natürlich kam er auch wieder in ihre Familie, um Matilda nahe zu sein. Norbert fand das nicht so lustig. Ihre Mutter fing an, immer öfters mit Albert, auszugehen. Selbst am Heiligen Abend ging sie mit Albert aus. Norbert sagte in der Zeit: »Irgendwann werde ich am längeren Hebel sitzen und wenn es die Zeit ist, wo ich meine Augen zumache.« Es gab sehr große Spannung zu Hause. Das Verhältnis zwischen Matilda und Laura wurde immer schlechter. Matilda war eifersüchtig auf Laura, wenn sie mit ihrem Vater zusammen war. Es kristallisierte sich heraus, dass ihr Vater nicht unbedingt die Nähe seiner Tochter suchte, sondern er wollte über seine Tochter Laura wieder an ihre Mutter herankommen. So pflegte Lauras Mutter wieder ein Liebesverhältnis mit Albert. Lauras ganze Familie war total zerrüttet und zerstritten.

Bis es zum Eklat kam und Norbert mit einem Revolver auf Matilda zielte. Laura stellte sich instinktiv zwischen ihre Eltern. Warum sie es tat, konnte sie später nicht mehr sagen. Auf jeden Fall machte Norbert einen Rückzieher. Auch Nina ist einmal mit einer Schere auf ihren Vater los gegangen. Sie hat ihn aber kaum verletzt. Der psychische Druck zu Hause war enorm groß. Matilda ging zu einer Wahrsagerin und diese meinte, dass Norbert viel zu Feige wäre, seine Drohungen in die Tat umzusetzen. Und genau das sagte Matilda Norbert auf den Kopf zu. Von der Stunde an zog sich Norbert immer mehr in sein Zimmer zurück. Matilda schlief im Wohnzimmer auf der Couch. Ein gemeinsames Schlafzimmer hatten ihre Eltern in dieser Wohnung nie. Alle Räume, die nicht selbst genutzt wurden, waren an Männer vermietet.

Auch Lauras Oma entfernte sich immer mehr, sie lebte nach ihrer Scheidung Jahre lang mit ihrem eigenen Bruder in einem ehe-ähnlichen Verhältnis zusammen. Laura erfuhr von ihrer Mutter, dass ihre Oma, wenn sie Sex mit ihrem Bruder hatte, immer von Ratten er-zählte. Da sie und ihr Bruder Peter im selben Zimmer schliefen, musste sie sich das immer mit anhören. Als Omas Bruder starb, freute sich Lauras Mutter, da er sehr herrschsüchtig war und die beiden Kinder litten unter ihm. Bei der Beerdigung zählte Matilda die Kerzen in der Trauerhalle, in der Hoffnung, hier schnell wieder raus zu kommen. In den fol-genden Jahren nahm ihre Oma immer mehr Afrikaner bei sich auf, die sie auf der Arbeit kennenlernte. Als die Afrikaner auch Laura, Nina und auch ihrer Mutter nachstellten, wurde der Kontakt zur Oma komplett einge-stellt. Laura konnte es nicht verstehen, dass alles was sie bisher von Männern hörte oder kannte über das Bett ging. Oft dachte Laura, was sie doch für eine kaputte Familie hatte. Niemals hörte sie vergleichbare Geschichten, von ihren wenigen Freunden, die sie hatte.

Laura musste immer noch ihr ganzes Geld abgeben. Ihr Herzenswunsch, eine eigene Musikanlage wurde ihr nie erfüllt. Da sie in einer Firma für Elektronikgeräte arbeitete, bediente sie sich eines Tricks. Sie kaufte sich die Anlage auf Raten, die ihr automatisch von ihrem Lohn abgezogen wurden. So konnte ihre Mutter es ihr nicht verbieten. Sie wusste zwar, dass sie Ärger bekommen würde, aber die Anlage gehörte ihr. So war es dann auch. Sehr oft schämte sich Laura, dass sie sich auf der Arbeit nie eine Cola kaufen konnte. Sie freute sich immer, wenn ihre Kolleginnen ihr eine spendierten. So gerne hätte sie sich auch einmal erkenntlich gezeigt.

Laura bekam immer öfters unerträgliche Rückenschmerzen. Ihre Mutter wischte das weg, und sagte: »Ihr seid alle gesund und braucht nicht zu den Ärzten rennen.« Da Laura selbst arbeiten ging, war sie nicht mehr auf ihre Mutter angewiesen, sie hatte ihre eigenen Krankenscheine, sehr zum Ärgernis von ihrer Mutter. Auch hier fragte sich Laura, warum ihre Mutter ihr verbieten wollte, zum Arzt zu gehen?

In dieser Zeit fiel auf, dass Nina auffallend viele neue Kleidungsstücke hatte. Die sie sich von ihrem Lohn nicht kaufen konnte, weil auch sie ihr ganzes Geld abgeben musste. Ein paar Wochen später kam heraus, woher sie die hatte. Auch ein »Freund« der Familie, Charly bediente sich ihrer und bezahlte sie für ihre Dienste mit neuen Kleidern. Matilda war außer sich vor Wut und stellte Charly zur Rede. Die Antwort von ihm kam trocken rüber: »Wenn ich dich nicht kriegen kann, dann nehme ich deine Töchter.« Bei Nina klappte es ganz gut, nur Laura wollte das nicht. Sie ließ sich nicht von ihm im Intimbereich anfassen. Laura bekam wieder Panikattacken. Sie fing zu zittern an und war nicht in der Lage ein Wort zu sprechen. Sie versuchte sich in ihre Traumwelt zu begeben, aber das klappte dieses Mal nicht. Charly ist mit ihr in den Wald gefahren. Das alles kannte Laura zur Genüge.

Lauras Mutter warf Charly aus der Wohnung. Nina war sehr sauer darüber, ihre schöne Geldeinnahmequelle war dahin. Die Mutter sagte zu Nina: »Was willst du von ihm, sein Unterleib ist im Krieg zerschossen, er kann nicht mehr?« Laura überlegte sich, woher ihre Mutter das wohl so genau wusste?

Wieder kamen die verhassten Albträume zu Laura, wo sie nachts schreiend erwachte. Ihr Herz stolperte, sie sah im Traum Dinge, die sie nicht noch einmal erleben wollte. Sie sah sich ihrem Stiefvater ausgeliefert und dann an andere Männer weiter gereicht. Ihre Mutter stand daneben und sagte, sie solle sich nicht so anstellen. Laura schrie und schrie. Niemand kam ihr zu Hilfe. Dann wachte sie schweißgebadet auf und hatte furchtbare Angst und Herzklopfen. Wenn sie nachts in ihren Träumen schrie, bekam sie von ihrem Stiefvater Ohrfeigen, weil sie ihn in seinem Schlaf gestört hatte. Diese Albträume kamen immer wieder mal stärker, mal abgeschwächt.

3.

Laura hatte ihren Freund Linus und sie versuchte, so oft wie möglich von Zuhause weg zu kommen. Mit Linus machte sie Kulturreisen nach Paris und Athen. Eine ganz neue Welt öffnete sich für Laura und das gefiel ihr. Sie bestiegen den Eiffelturm in Paris. In Montmartre ließen sie sich zeichnen. Sie besuchten die Basilika Sacrè Coeur. Gingen in Pariser Cafés, die so urig gemütlich waren. Man konnte auch draußen sitzen und hatte einen guten Blick auf die Seine. Auch dort standen Straßenverkäufer und boten ihre Kunstwerke an. Ja, das war für Laura eine ganz neue Welt, in die sie eintauchte. Laura liebte die Kunst in vielen Bereichen. So stellte sie sich ein schönes Leben vor.

Nur mit Linus selbst war es weiterhin schwierig. Laura war eine hübsche blonde junge Frau geworden. Als sie alleine zum Bäcker ging, machte ihr ein Mann eindeutige Angebote. Sie rannte unter Tränen zurück zum Hotel und auch die Dämonen waren wieder hinter ihr her und verhöhnte sie. Alles kam wieder zurück. Linus traute sie nie, etwas aus ihrer Kindheit zu erzählen. Sie hatte das Gefühl, er würde sie nicht verstehen. Sie erzählte Linus, was in der Bäckerei vorgefallen ist. Doch statt seines Zuspruchs und Trostes war seine einzige Reaktion: »Warum hast du das nicht gemacht, du hättest doch dabei Geld verdienen können?« Für Laura brach erneut eine Welt zusammen. Auch von ihm war keine Hilfe zu erwarten. Jeder wollte immer nur Sex mit ihr, niemand fragte, wie sie sich fühlte. Laura fand keine Ruhe mehr. Wenn sie gekonnt hätte, wäre sie früher nach Hause zurückgeflogen. Also hielt sie die paar Tage noch aus, bis sie zurück nach Berlin flogen. Linus konnte sie immer wieder umstimmen.

In Athen besuchten sie die Akropolis, den Tempel des Hephaistos, die Insel Ägina. Die Hafenstadt Piräus hatte ihnen mit den vielen Booten und Schiffen sehr gut gefallen. Laura war nur froh, dass sie kein Boot mieteten. Zu viele schlechte Erinnerungen hatte sie damit verbunden. In Athen selber roch es sehr unangenehm. Die Händler auf dem Markt ließen ihr Fleisch in der Sonne hängen. Das war für Laura schon gewöhnungsbedürftig. Und auch in Athen fiel Laura mit ihren langen blonden Haaren auf. Wieder wurde sie angemacht, dieses Mal sogar im Beisein von Linus. Wieder kamen solch schlimmen Bemerkungen von ihm. Ihre Beziehung zu Linus bekam einen starken Riss. Sie zog sich immer mehr zurück. Er schaffte es meistens, sie umzustimmen. Sie hatte ein sehr gutes Verhältnis zu seiner Mutter. Von ihr kam es auch, dass er sich mit Laura verloben sollte. Lauras Mutter wollte die Eltern von Linus nicht kennenlernen. Die Verlobungsfeier fand in der Wohnung von Linus Eltern statt. Sie war mit Linus fast 3 Jahre zusammen, als er sie heiraten wollte. Das Aufgebot wurde aufgegeben und der Standesbeamte fragte Laura, ob sie weiß, dass sie einen anderen Vater habe. Ja das wusste sie. Laura überlegte sich, was wäre, wenn sie damals nicht den Brief geöffnet und ihre Mutter es ihr nicht gesagt hätte? Hier vor dem Standesbeamten käme alles heraus. Unvorstellbar.

Nur wusste Linus davon nichts und er war ganz perplex. Also musste sie ihm ein wenig über sich erzählen. Sie machte es kurz und bündig. Sie erzählt ihm nur was unbedingt nötig war. Nichts von ihrer Kindheit. Es war keine große Liebe, das wusste Laura, aber sie wollte von Zuhause weg. Sie überlegte sich, was das kleinere Übel ist. Wäre sie alleine ausgezogen, hätten ihre Eltern ihr wieder nur Stress gemacht. Das Leben fand Laura schon recht schwierig.

4.

Im November wurde Laura in eine andere Niederlassung der Firma versetzt. Dort traf sie auf Kevin, der genau hinter ihr saß. Zuerst nahm sie ihn kaum wahr, denn alles war neu und fremd für sie. Doch dann kam er zu ihr und sprach sie an. Sie schaute in zwei faszinierende azurblaue Augen und mit einem Lächeln, das sie ahnen konnte, dass er den Schalk im Nacken trug. Schlanke Figur und dunkelblonde Wuschelhaare und wunderschöne gepflegte Hände. Er begann sofort, mit ihr zu flirten. Er kam aus Frankfurt am Main und war als Mechaniker auf Montage. So kam er nach Berlin in dieses Werk. Ursprünglich war vorgesehen, dass er in die griechische Stadt Thessaloniki gehen sollte. Zu dieser Zeit gab es den Krieg zwischen Griechenland und der Türkei auf der Insel Zypern. Aus diesem Grund blieb Kevin nur Berlin übrig, bis das Projekt Thessaloniki freigegeben wurde. Auch er sollte sein ganzes Geld zuhause abgeben, das sah er nicht ein, so ging er gleich, nachdem er die Lehre als Fernmeldetechniker beendet hatte, auf Montage.

Seine Aufgabe in Berlin bestand darin, die Funkgeräte zu reparieren, die in dieser Firma hergestellt wurden. Die Leiterplatten nach Fehlern abzusuchen, und auch die Kerne der einzelnen Bausteine, die beim Überdrehen der Prüfung an dem Oszillografen zerbrachen, zu ersetzen. Laura hörte von den Kollegen, *vor Kevin wäre kein Rock sicher.* Das passte eigentlich nicht zu dem, was Kevin ihr erzählte. Dass er sich eigentlich nicht getraut hatte, sie anzusprechen. Kevin hatte mit seinem Kumpel Wuffel gewettet, dass er es sich doch traute, Laura anzusprechen. Wuffel fand Laura zu arrogant und war sich sicher, dass Kevin bei ihr nicht landen konnte. Die Wette ging um einen Kasten Bier. Wuffel hatte sich geirrt und Kevin verdiente sich damit seinen Kasten Bier.

Laura und Kevin verstanden sich auf Anhieb. Laura erkannte den Unterschied zu Linus, ihrem derzeitigen Freund, den sie heiraten wollte. In der Folgezeit sind Laura immer öfters Kerne kaputt gegangen. Das war eine gute Ausrede, um bei Kevin zu stehen. Sie wollte bei ihm warten, bis er den Kern aus den Bauteilen heraus bekommen hatte. Nur war Kevin immer etwas nervös, wenn Laura bei ihm stand. Kevin hatte in der Zeit sehr viel zu tun, um die defekten Kerne aus den Bausteinen zu bekommen. Kevin liebstes Hobby war es, die Kerne in den Ausschnitt von Laura zu werfen. Mit der Zeit hatte Kevin eine beachtliche Zielsicherheit an den Tag gelegt. Wenn sich Laura abends auszog, sind die Kerne herausgefallen.

Kevin fragte Laura wiederholt, ob sie mit ihm zum Roulette spielen mitging, oder in die Disco. Laura sagte ihm, dass sie verlobt sei und ob die Einladung auch für ihren Freund galt, aber Kevin wollte, dass sie mit ihm alleine ausging, was Laura nicht tat. Was sollte er mit ihrem Typ? Richtig glücklich war Laura in ihrer bestehenden Beziehung nicht. Das schien auch Kevin zu ahnen. Sie wollte nur von Zuhause weg. Jedes Mittel war ihr recht. Dass Linus nicht das Gelbe vom Ei war, wusste sie wohl, aber ihre Ängste ließen sie nicht mehr real denken. Kevin konnte Laura nicht verstehen, dass sie heiraten wollte. Er sagte immer und zu jeden: »ICH. HEIRATEN. NIE.« Und Laura konnte sich nicht vorstellen, mit Kevin zusammenzukommen. Kevin trank sehr viel Bier und was Männer ihrer Meinung nach dann haben, waren aufgedunsene Lippen. Laura nannte es »Säuferlippen« und sie hatte eine starke Abneigung gegen Alkohol. Zuviel hatte sie im Haus ihrer Eltern mit zu viel Alkohol erlebt.

Es kam das Weihnachtsfest und Kevin fuhr über die Feiertage nach Frankfurt zurück. Da hat Laura ihn zum ersten Mal vermisst. Sie fragte eine Kollegin, wann der Mechaniker wiederkäme. »Oh erst Mitte Januar?« Und in dieser Zeit sind Laura doch so viele Kerne aus den Bausteinen abgebrochen. Es war kein Mechaniker da, der sie reparierte, jedenfalls nicht so reparierte wie Kevin.

Am 14. Januar kam Kevin zurück. Laura konnte ihre Freude kaum zurückhalten. Nein, das würde sie ihm niemals sagen, aber sie freute sich. Dann kam Lauras Geburtstag. Kevin sagte, dass er ein Geschenk für sie hat. Das glaubte Laura ihm nicht, da sie auf seinem Platz nichts sah, was nach einem Geburtstagsgeschenk aussah. Kevin ging an sein Auto und kam mit einem Käfig wieder herein. Er musste mit den Chefs und dem Pförtner reden, damit er den Käfig überhaupt auf das Firmengelände mitnehmen durfte. Es waren zwei Mäuse in

dem Käfig, eine weiße und eine braune. Natürlich war es ein Pärchen. Wie sollte es auch anders sein. Kevin hatte wirklich an alles gedacht, Stroh, Futter einfach alles. Laura wusste nicht, was sie sagen sollte. Die anderen Kollegen lachten natürlich. Laura sagte zu Kevin, dass sie so unmöglich mit dem Bus nach Hause fahren kann. Kevin fuhr Laura nach Hause und war der Meinung, dass er nun einen Kuss bekam, aber er bekam keinen, nur ein liebes Dankeschön. *Na gut dachte sich Kevin, dann beim nächsten Mal* und fuhr nach Hause.

Nun hatte Laura ein neues Problem mit ihrer Mutter, sie wollte kein »Viehzeug«, wie sie die Tiere nannte, in der Wohnung haben. Aber gegen ein Geburtstagsgeschenk konnte sie wohl nichts machen. Es dauerte nicht lange und Laura hatte 10 Mäuse und das Weibchen war schon wieder trächtig.

Laura nahm die Einladung von Kevin doch eines Tages an, mit ihm einmal alleine auszugehen. Linus ging mit seinen Kumpels auch alleine weg, warum sollte sie es nicht tun dürfen? Kevin nahm sie mit, in die Diskothek »Las Vegas.« Dort kam man nur mit hauseigenen Ausweisen hinein. Für Laura war das ein absoluter Nobelschuppen. Kevin bekam sofort einen Platz an der Bar. Dafür wurden andere Leute weggeschickt. Die Bar war aus edlem Mahagoni-Holz, die Barreling aus glänzendem Messing. Die Regale hinter der Bar waren aus Kristall. Lichtspiele wurden auf die Musik abgestimmt. Die Spiegelwand neben der Tanzfläche ließ sie größer erscheinen. Laura gefiel die Ausstattung sehr gut. Auf der Tanzfläche war schon reger Betrieb. Es gab auch schummrige Ecken, wo Liebespaare saßen. Kevin war zu Laura sehr zuvorkommend. Das tat ihr gut. So etwas war eine ganz neue Erfahrung für sie. Sie tranken Wodka mit Bitter Lemon. Das war die Stamm-Disco von Kevin und er hatte immer eine Flasche Wodka mit seinem Namen dort stehen. Er sagte, dass in der Disco viele Nutten verkehren. *Na wunderbar, dachte Laura ironisch, genau das Richtige für mich.* Wenn das stimmte, gingen sie nicht auf Freiersuche. Da passten die Türsteher schon auf. Laura konnte sie nicht ausmachen, alle sahen aus, wie ganz normale Mädchen. Es gab auch keine, die übermäßig geschminkt war. Und auch die Kleidung war bei allen ganz normal.

Kevin wurde ganz verlegen und sagte zu Laura: »Ich glaub ich mag dich«, und sie küssten sich zum ersten Mal. Laura genoss es, so umworben zu werden. Es war für sie eine ganz neue Welt. Es war ein toller Abend, bis die Rechnung kam. Laura wurde vor Schreck ganz blass. Die Rechnung belief sich auf 150 DM. Das waren nur die Getränke. Es war für sie normal, ihre Rechnung selbst zu bezahlen. Linus bezahlte nie für sie. Verstohlen schaute Laura, wie viel Geld sie dabei hatte. Kevin hob die Augenbraue und Laura erklärte ihm: »Ich schaue, ob ich genügend Geld dabei habe.« Kevin wollte nicht glauben, was er hörte. Er sagte: »Wenn ich ein Mädchen einlade, dann bezahle ich auch für sie, was soll das?« Laura wurde rot im Gesicht und antwortete: »Sorry, aber so etwas kenne ich nicht. Ich zahle sonst immer für meine Getränke.«

Laura gefiel es sehr, wie Kevin um sie warb. Linus trat immer weiter in den Hintergrund. Sie rief ihn auch nicht mehr so oft an, wie früher. Laura fühlte sich wie eine Prinzessin. Doch gleichzeitig kamen gleich die dämonischen Gedanken wieder, was sie für diese Leistung bringen musste? Alles im Leben hatte für sie einen Preis. Die Ängste waren immer allgegenwärtig. Sie versuchte sich zusammenzunehmen, und den Abend zu genießen. Obwohl sie auf der Hut war, verlangte Kevin wirklich keine Gegenleistung von ihr. Sie tanzten die Nacht durch und sie hatten viel Spaß. Laura beobachtete Kevin und fand ihn sehr sexy, wie er tanzte. Und sie kam aus dem Staunen nicht mehr heraus. Sollte Kevin wirklich anders sein als die Männer, die sie bisher kannte? Nein, das konnte sich Laura nicht vorstellen. Irgendwann kam bestimmt die Rechnung. Da war sie sich sicher.

Zu Lauras größtem Glück kam auch nach Tagen keine Rechnung, die sie begleichen musste. Kevin war weiterhin sehr aufmerksam zu Laura. Sie hatte immer das Gefühl, das Kevin ihre Gedanken lesen konnte. Er schien zu wissen, wenn es ihr nicht gut ging. Er drängte sie nie. Sie erzählte ihm nichts aus ihrer Kindheit. Sie wollte einfach die schöne Zeit genießen, solange es ging. Laura hatte mit Linus genug schlechte Erfahrungen gemacht. Als Kevin Laura erzählte, dass er gerne Soulmusik hörte, fand sie das sehr verwunderlich. Alle Welt hörte doch Underground. Aus welcher Welt kam Kevin? Mit den Sängern, die Kevin ihr nannte, konnte sie nichts anfangen. Nur wollte sie es nicht zugeben, so fragte sie ihn, ob er nicht ein paar LPs mitbringen könnte. Das verneinte Kevin und lächelte sie an, aber er bot ihr an, sich die LPs bei ihm zuhause abzuholen.

Gleich sprachen die Dämonen in ihr: »Lass die Finger von ihm, er will dich nur ins Bett zerren.«, und sie lachten gehässig. Zugleich waren die Ängste wieder da. Lauras Freundin sagte zu ihr: »Du brauchst keine Angst zu haben, er ist ein Arbeitskollege von dir und wird sich nicht trauen, dir Gewalt anzutun.« Laura dachte nach und fasste sich ein Herz, doch eines Tages mit Kevin zu ihm nach Hause zu fahren. Es war eine reine Studentenbude. Ein Bett, ein Schrank, ein Tisch mit zwei Stühlen, einen Fernseher und natürlich die Musikanlage. Sie hatten eine Gemeinschaftsküche und ein Badezimmer mit Heizstrahler. Laura hielt ihren Knirps-Regenschirm in der Hand und ließ ihn auch in seiner Wohnung nicht mehr los. Es regnete an diesem Tag und das kam Laura zugute. Als Kevin auf einmal dicht hinter ihr stand, erschreckte sich Laura sehr, und Kevin ging sofort zurück. Laura zitterte am ganzen Körper und Kevin beruhigte sie. Laura wollte schnell wieder aus der Wohnung und Kevin war sofort damit einverstanden und fuhr sie nach Hause. Was er wohl von ihr dachte, wenn sie sich so verhielt?, ging ihr durch den Kopf.

Linus konnte nicht damit umgehen, dass Laura sexuell nicht so aktiv war, wie andere Frauen. Er drohte ihr, wenn sie erst einmal verheiratet sind und sie sich immer noch so anstellte, würde er ihr die Rechnung von einer Prostituierten bringen. Laura war total geschockt. Damit kam sie nicht klar. Wie konnte sie aber ihr Leben ändern, mit diesen Dämonen im Kopf und ihren Ängsten? Linus ging mit Laura in immer mehr abstoßendere pornografische Filme. Er konnte nicht verstehen, dass sie manchmal weinend aus dem Kino gelaufen ist und er machte ihr hinterher eine Szene deshalb. Laura war immer mehr in sich gekehrt. Das alles war nicht hilfreich für ihre kranke Seele. Wie konnte sie ihn denn etwas von sich erzählen, wenn er so hart reagierte.

Es war kein Wunder, dass die Dämone so leichtes Spiel mit ihr hatten. Laura träumte davon, in eine Zeit ohne Ängste zu leben. Ohne die gemeinen Albträume. Wenn Laura bei Linus Albträume hatte, ignorierte er sie. Nur seine Mutter fragte hin und wieder, warum Laura schrie. Sie dachte, sie hätten guten Sex. Laura war es peinlich und nein, guter Sex sollte sich anders anfühlen. Vieles schwebte wie im Nebel. Sie hatte Angst vor dem Tag, wo die Erinnerungen mit voller Wucht in allen Einzelheiten einsetzten. Sie hatte Bücher darüber gelesen. Laura erkannte, dass sie Linus nicht heiraten konnte und auch nicht mehr wollte. Sie löste die Verbindung.

Natürlich ging auch das nicht ohne Probleme, wie alles in ihrem Leben. Linus machte Laura Vorwürfe, wo er denn jetzt noch ein anderes Mädchen kennenlernen sollte? Na ja, Linus war mit 1,58m nur zwei cm größer als Laura. Für einen Mann kann es da schon problematisch werden. Ob sie ihn nur verlassen würde, weil der Andere ein Auto besaß?, fragte Linus sie. Als ob eine Beziehung von einem Auto abhängig sei. Irgendwann begriff Linus, dass es keinen Sinn mehr hatte, und sagte das Aufgebot ab. Laura und Linus wollten in zwei Monaten heiraten. Wo er noch ein Mädchen kennenlernen sollte, das musste er schon selbst herausfinden. Als es endlich aus war, erfuhr Laura von Linus Mutter, dass er sie nur heiraten wollte, weil seine Eltern meinten, er müsse Laura eine Sicherheit geben. Und nur aus diesem Grund hatte er sich mit ihr verlobt. Laura fiel aus allen Wolken, als sie das hörte. Und als Linus ihr noch sagte, sie hätte ihm das günstige Ehestanddarlehen – das es damals noch gab - versaut, da wusste sie zu 100%, das ihre Entscheidung sich zu trennen mehr als richtig war. Linus konnte sich also nicht die teure Musikanlage kaufen, wie er sich das vorgestellt hatte. Das Ehestandsdarlehen hätte Laura eher für die erste gemeinsame Wohnung nutzen wollen. Nun war sie sich ganz sicher, das Richtige getan zu haben.

5.

Als Nina 20 Jahre alt war, lief sie von Zuhause weg. Sie hielt es nicht mehr aus, bei ihren Eltern. Laura kam gerade von der Arbeit, als Nina ging. Laura war sehr bestürzt. Für Nina gab es kein zurück. Sie hatte sich weitergebildet und konnte die Fabrik verlassen. Somit war sie auch nicht auf der Arbeit erreichbar, die ihre Mutter kannte.

Als ihre Mutter nach Hause kam, machte sie gleich den Freund von Nina verantwortlich. Dieser schrieb den Eltern einen Brief, worüber sie sehr sauer waren. Laura hat nie erfahren, was er in dem Brief schrieb. Es muss auf jeden Fall für ihre Mutter sehr schmerzvoll gewesen sein. Nina ging auch zum Jugendamt, um sich zu beschweren. Davor hatte Matilda panische Angst. Alles, wo sie keine Kontrolle hatte, durfte nicht sein. Laura konnte das nicht verstehen, warum ihre Mutter so reagierte. Dann erfuhr Matilda, dass Nina bei ihrer Oma mütterlicherseits untergekommen ist. Das war der nächste Krach in der Familie. Matilda drohte mit der Polizei, aber Nina drohte ihrerseits, dass sie dann auspacken würde. Was wusste Nina, was so schwerwiegend war, dass sogar ihre stets aufbrausende Mutter ganz klein werden ließ? So hatte Laura ihre Mutter noch nie erlebt. Der Name Nina durfte seitdem nicht mehr erwähnt werden. Es musste ein großes Geheimnis sein, was Nina bewahrte. Niemals erlebte sie ihre Mutter, dass sie so aus der Bahn geworfen wurde. Ihr Hass auf Nina musste übergroß sein.

Trotz allem vermisste Laura ihre Schwester. Wie auch immer, Nina war bald volljährig, dann konnten ihr die Eltern ohnehin keine Vorschriften mehr machen. Laura wusste, dass der Freund von Nina verheiratet und fast so alt, wie ihre Mutter war.

Kevin freute sich, dass sich Laura endlich für ihn entschieden hatte. Sie war anfangs hin und her gerissen. Nun aber wollte sie sich für die Liebe entscheiden. Lauras Mutter wollte Kevin erst kennenlernen, wenn mit Linus endgültig Schluss war. Sie meinte, dass sie sonst ganz durcheinander käme, wer zu wem gehört. Ausgerechnet das musste von ihr kommen, wo doch in ihrem Haus die fremden

Männer ein und ausgingen, als wäre eine Drehtür eingebaut. Laura erzählte ihrer Mutter, wenn Kevin kommt, würde er für sie Blumen mitbringen. Leider machte Kevin da keine Anstalten, also kaufte Laura die Blumen. Als sie dann vor der Tür ihrer Eltern stand, hatte sie immer noch die Blumen in der Hand. Ihre Mutter machte die Tür auf. Laura wusste nicht, was sie in dem Moment sagen sollte. So sagte sie nur: »Hier die Blumen sind von ihm.« Ihre Mutter meinte noch, wie reizend sie das fand und Laura war sich sicher, das sich Kevin in diesem Moment bestimmt ganz blöd vor kam. Als sie im Wohnzimmer waren, kam Lauras Stiefvater ins Zimmer. Kevin hatte sich richtig mit Nachnamen vorgestellt. Aber ihr Stiefvater sagte nur: »Ach, das interessiert mich nicht, ich bin der Alte und wie heißt du?« Kevin hätte es bald die Schuhe ausgezogen. Erstens wollte Kevin ohnehin nicht so gerne zu ihren Eltern und dann kam so etwas. Kevin kam in der Folgezeit aber ganz gut mit Lauras Stiefvater aus. *Klar noch wusste er auch nicht, was er seiner liebsten Laura schon angetan hatte.*

Von nun an waren sie jeden Tag zusammen. Entweder Laura schlief bei Kevin oder Kevin bei Laura. Laura hatte schon vor längerer Zeit das Zimmer bekommen, wo Andy einst wohnte. Und Armin bekam das kleinere Zimmer.

Wenn Laura Frühschicht hatte und Kevin Spätschicht, ist Laura arbeiten gegangen, dann nach Hause gefahren und hat sich schlafen gelegt. Kevin rief sie gegen 23 Uhr an. Laura machte sich fertig, bis er sie abholte und sie sind bis in den frühen Morgen ausgegangen. Eine Woche haben sie es so durchgehalten. Es war für beide sehr anstrengend, aber auch sehr schön. Laura war total verliebt in Kevin und wollte ihn keinen einzigen Tag missen. Übrigens fand sie Soulmusik gar nicht so schlecht. Rock your Baby von George McCrae wurde sogar zu ihrem Liebeslied.

Es war der 14. Februar - Valentinstag. Als Laura von der Arbeit nach Hause kam, stand ein großer wunderschöner Blumenstrauß auf dem Tisch. Herrliche langstielige rote Rosen. Sie mussten im Februar ein Vermögen gekostet haben. Laura dachte zuerst, ihre Mutter hatte ihn von Albert bekommen, aber ihre Mutter sagte: »Er wurde für dich abgegeben.«

Es klang nicht gerade freundlich, war es Neid, was Laura da heraushörte? Laura wusste nicht genau von wem. Ob er von Linus war, der es auf diese Art noch einmal versuchen wollte, sie zurückzugewinnen? Oder war er doch von Kevin. Ihre Mutter sagte es ihr nicht. Als Kevin sie abends anrief, hat sie zu ihm gesagt: »Ich habe von einem ganz lieben Menschen einen wunderschönen Blumenstrauß bekommen.« Im Laufe des Gesprächs erfuhr Laura, dass er von Kevin war. Sie hat eine Rose getrocknet und in einem Briefumschlag aufgehoben, den sie heute noch liebevoll bewahrt.

In dieser Zeit waren sie öfters mit Wuffel und seinen Kumpels in seiner Lieblingskneipe »Rumpelstilzchen.« Es war eine verräucherte, aber trotzdem schöne Kneipe. Es gab dort ein Billardtisch, wo sie mit Kevin gerne spielte. Die Kneipe war etwas verwinkelt und im hinteren Teil standen ein paar alte Sessel und Sofas herum, auf dem sich meistens Paare befanden und herum knutschten, was aber niemanden störte. Die kleinen Snacks wie leckere Käsetoasts und Hotdogs, die es zu dieser Zeit in Deutschland sehr selten zu kaufen gab, waren sehr beliebt.

Eine weitere Kneipe, wo sie gerne hingegangen sind, war die Hinkelsteinkneipe. An den Wänden gab es sehr schöne Malereien in Übergröße von Asterix und Obelix. Natürlich durfte auch Idefix der kleine Hund nicht vergessen werden. Das alleine machte die Kneipe richtig schön urig. Auch die Einrichtung war ganz auf den Stil von Asterix und Co. ausgerichtet. Es passte einfach alles zusammen. Als Highlights gab es dort auf der Speisekarte Maiskolben. Diese Kneipe hatte eine tolle Musik. Die beiden gingen gerne dorthin.

Kevin kam aus Frankfurt am Main und Anfang Februar war Altweiberfastnacht. Ein großes Fest im Rheinland. Da haben die Jecken Auslauf. Es ist immer der Donnerstag vor Fastnacht und an diesem Tag gehen die Frauen kostümiert im Rheinland in Grüppchen auf die Straße und feiern, was das Zeug hält. Der Straßenkarneval dort ist legendär. Jeder Mann, der mit einer Krawatte herumlief, dem wurde sie abgeschnitten. Als Symbol für die männliche Macht. Man sieht nur noch Männer mit abgeschnittenen Krawatten herumlaufen. Sie

werden mit einem Bützchen (Küsschen) ent-
schädigt. Die Feierlichkeiten beginnen immer
um 11:11 Uhr mit der Erstürmung des Rathau-
ses. An diesem Donnerstag haben die Frauen
(symbolisch) die Macht für einen Tag in ihren
Händen. Der einzige Unterschied zum Ro-
senmontag ist, dass an der Altweiberfastnacht
keine Umzüge stattfinden. Ab Mittag wird im
Rheinland auch nicht mehr gearbeitet. Er gilt
als inoffizieller Feiertag.

Als Kevin im Radio an die Altweiberfastnacht erinnert wurde, konnte er nicht mehr
still sitzen. Spontan beantragte er ein paar Tage Urlaub und beschloss mit Wuffel nach
Frankfurt zu fahren. Sofort fragte er Laura, ob
sie mit ihm nach Frankfurt fahren wolle, um
dort Karneval zu feiern. Er erzählte ihr, dass
der Karneval in Frankfurt so ähnlich gefeiert
wird, wie im Rheinland mit den großen Um-
zügen. Frankfurt hatte zwei große Umzüge,
einmal am Sonntag vor Fastnacht in der City
von Frankfurt und den Zweiten am Dienstag
in „Klaa Paris," wie der Stadtteil in Heddern-
heim genannt wurde. Er malte es Laura in den
schönsten Farben aus. In Berlin, wo sie lebten,
kannte Laura das nur aus einigen Diskothe-
ken. Nicht so öffentlich, wie im Rheinland.

Laura und Kevin waren erst 14 Tage fest zusammen und Laura bekam wieder Panik. Alleine mit ihm im Auto? Kevin sagte, dass noch ein Kumpel von ihm mitfuhr, der in der Nähe von Frankfurt – im Taunus - wohnte. Laura begann wieder zu zittern, sie sah sich zwei Männern hilflos ausgesetzt. Sie überlegte krampfhaft, wie sie dem entgehen konnte, ohne Kevin zu verletzen. Sie sagte zu Kevin, dass ihr beim Autofahren immer übel wird. Kevin aber versprach ihr, ganz vorsichtig zu fahren. Laura liebte Kevin auf ihre Art und wollte ihn nicht enttäuschen. Aber die Ängste machten ihr manchmal das atmen schwer. Laura fragte ihren Chef, ob sie freibekommt, was kein Problem war. Auch dieses Argument konnte sie vergessen. Gegen Abend fuhren sie los. Laura war sehr angespannt. Kevin schien das zu merken und legte seine Hand beruhigend auf ihre Hand. Sie nahm sich so viel Geld mit, dass sie im Notfall zurückfliegen konnte, falls man sie einfach aussetzte. Alles schien Laura in Betracht zu ziehen. Es war aber nicht nötig, weder Kevin noch Wuffel taten ihr Gewalt an. Ihre Dämone spielten wieder ein böses Spiel mit ihr.

Bei den Eltern von Wuffel übernachteten sie und fuhren erst am nächsten Morgen weiter. Da es sehr frostig war, mussten sie erst die Fensterscheiben am Auto freikratzen. Laura wollte Kevin helfen und hielt sich am Türrahmen mit einer Hand fest, um die Frontscheibe vom Eis zu befreien. Kevin nahm sich die anderen Fenster vor. Dann schlug er die Autotür zu und Laura veranstaltete schmerzhaft einen Tanz. Kevin war sehr erschrocken und wusste erst gar nicht, was passiert war. Bis er sah, dass Laura noch ihre Finger in der Tür hatte. Sofort riss er die Beifahrertür wieder auf und Laura kamen vor Schmerzen die Tränen. Er wollte sich die Finger ansehen, aber Laura lies es erst nicht zu, so groß waren die Schmerzen. Erst als der Schmerz etwas nachließ, durfte sich Kevin ansehen, dass drei Finger am Nagelbett blutig waren. Ihm tat es sehr leid und Laura wurde ganz blass. Er sagte, sie solle sich ins Auto setzen. Als der Schmerz ertragbar war, konnte Kevin das Blut ganz vorsichtig abtupfen. Später konnten sie darüber auch wieder lachen und Kevin sagte ihr, dass er ihren Solotanz nur für ihn ganz toll fand, auch wenn der Grund sehr schmerzhaft war. Laura schwor sich, ihm nie wieder so beim Eis kratzen zu helfen.

Als sie in Frankfurt ankamen, hatte Laura ein bisschen Angst vor Kevins Eltern. Er sagte aber, dass sie nicht so schlimm wären. Laura kaufte unterwegs noch ein paar Blumen für seine Mutter, obwohl Kevin der Meinung war, dass es nicht nötig wäre. Zu der Zeit war das durchaus üblich.

Die ersten Worte von Kevins Mutter wird Laura wohl ihr Leben lang nicht vergessen. Sie sagte, dass sie Kevin am liebsten umgebracht hätte, als er geboren wurde, nur weil er ein Junge war. Kevins Mutter mochte keine Jungen. Laura blieb die Spucke weg, als sie das hörte. Sie wusste nicht, was sie darauf sagen sollte. Das sagte ihr Kevins Mutter noch, bevor Laura Guten Tag sagen konnte. Laura hat an diesem Tag nur sehr wenig von sich gegeben, so geschockt war sie. Laura dachte immer, so etwas kann doch eine Mutter nicht sagen. Sie sind auch nicht lange geblieben und haben dann bei seiner Schwester Britta und ihren Mann Detlef übernachtet. Zu dieser Zeit fand Laura die beiden ganz nett. Sie wusste zu dieser Zeit nicht, wie schnell sich das Blatt wenden kann.

In Frankfurt erlebte Laura ansonsten eine schöne und amüsante Zeit. Er erzählte ihr schon in Berlin, dass der Frankfurter Fastnachtsumzug fast so schön wäre, wie im Rheinland. Laura kannte das nur aus dem Fernsehen. Als sie in der Frankfurter City beim Umzug an der Straße standen, zogen die Musikvereine lautlos an ihnen vorbei. Die berühmten Kamellen wurden einzeln aus den Motivwagen geworfen. Laura schaute zu Kevin und er war so unglaublich wütend, dass er die Kamellen auf dem Wagen zurückwarf. Nun wollte er ihr etwas ganz Tolles zeigen und dann das. Es war das erste Jahr, wo die Karnevalsvereine an den Kamellen sparen wollten. Das kam gar nicht gut bei Kevin an. Laura musste schmunzeln.

Auf dem Ginnheimer Faschingsball, wo sie am Abend gemeinsam mit Kevins Schwester und seinen Schwager hingingen, hat es Laura dagegen sehr gut gefallen. Das war ganz neu für Laura. Alle Leute waren maskiert, nicht nur einige, wie sie es von Berlin her kannte. Laura ist aufgefallen, dass Detlef ganz selten mit seiner Frau tanzte, darüber war Britta sehr sauer. Sie machte ein Gesicht, wie sieben Tage Regenwetter. Kevin erklärte Laura dann, dass das bei den Beiden normal sei. Detlef würde das öfters so machen.

Bis auf diesen kleinen Zwischenfall haben sie sich sehr gut amüsiert. Sie tranken viel Wein, doch dadurch, dass Laura fast nie Alkohol trank, ist er ihr schnell zu Kopf gestiegen. Als sie in den Morgenstunden nach Hause gefahren sind und zum Haus liefen, wollte Kevin Laura stützen, da ihr Gang etwas ins schwanken geriet. Aber Laura meinte, sie könne alleine laufen. Kevin amüsierte sich darüber köstlich. Laura konnte sich am nächsten Morgen nicht mehr so gut daran erinnern. Beide können heute noch darüber lachen. Und Kevin macht heute noch Witze darüber.

Ein paar Tage später zeigte Kevin Laura das Vergnügungsviertel von Frankfurt Sachsenhausen. Kevins Mutter sagte, dass man um 23:00 Uhr nicht mehr ausging. Sie kannte Berlin nicht. Da sind Kevin und Laura manchmal erst nachts um 1 Uhr losgezogen. Das ganze Viertel in Sachsenhausen bestand aus vielen verwinkelten Gässchen und mit vielen Äppelweinkneipen. Es sah aus, wie eine kleine

Stadt. In diesen kleinen Kneipen gab es Ein-mann-Musiker. Sie hatten schöne romantische Songs gespielt. So etwas kannte Laura nur aus alten Filmen. Dass es so etwas in Wirklichkeit gab, fand Laura toll.

In Berlin hätte Laura ihm so etwas nicht zeigen können. So etwas gab es dort nicht. Nur der traditionelle Äppelwein, der schmeckte Laura absolut nicht.

Sie waren wieder wieder in Berlin und Ke-vin entpuppte sich als ihr Lebensretter. Sie waren mit Lauras Mutter und Albert auf dem Weg zur Pfaueninsel, als es Laura nicht gut ging. Sie bekam hohes Fieber und Kevin ist mit ihr nach Hause gefahren. Und wieder wa-ren diese Nierenschmerzen da. Erst im No-vember 1974 ist ihr ein Blasenstein operativ entfernt worden. Die Schmerzen wurden dann so schlimm, dass ein Notarzt geholt werden musste. Als Kevin Norbert darum gebeten hat, lehnte er es ab, er meinte nur: »Ach die mar-kiert doch nur.« Also hat Kevin von sich aus den Notarzt angerufen.

Das war auch gut so, denn Laura hatte schon wieder eine schlimme Nierenbeckenentzündung. Der Arzt gab Laura eine Spritze, wie sie noch nie eine bekommen hatte. Nach einer gewissen Zeit hatte sie durch die Spritze überhaupt keine Schmerzen mehr und auch das Fieber ging zurück. Laura sagte zu Kevin: »Hey nun können wir wieder in die Disco.« Norbert fühlte sich in seiner Meinung bestätigt. Aber wie das so ist, lässt jede Spritze einmal nach. Laura war Kevin für seine schnelle Hilfe sehr dankbar. Natürlich sind sie nicht in die Disco gegangen. Sie sagte zu Kevin: »Ich weiß nicht, was geworden wäre, wenn du keinen Arzt geholt hättest.« Und wieder musste Laura eine lange Zeit Antibiotika einnehmen. Die Nierenbeckenentzündungen häuften sich im Frühjahr und Herbst.

Bei ihren Eltern durfte sie nicht krank sein. Als Laura 1974 die Blasen Operation hatte, war ihre Mutter sehr sauer, dass sie überhaupt zum Arzt gegangen ist. Als die schlimmen Schmerzen mit Fieber kamen, war sie gerade bei Linus. Seine Familie hatte sie gut betreut, waren aber auch der Meinung, dass sie schnell zum Arzt musste, was sie auch tat. Sie wurde sofort ins Krankenhaus eingewiesen. Laura wurde geröntgt und es wurde eine Blasen-spiegelung gemacht. Es kamen immer mehr Ärzte hinzu und auch der Professor wurde geholt. Laura bekam es mit der Angst zu tun, was mit ihr los sei. Es war eine große Schar von Ärzten im Untersuchungszimmer. Sie hör-te, dass sie so etwas noch nie gesehen hätten. Ein Blasenstein in der Größe von einem Tau-benei befand sich in ihrem Harnleiter.

Die Untersuchung bestätigte, dass sie einen taubeneigroßen Blasenstein kurz vor der Blase befand. Drei Tage später und man hätte ihr nicht mehr helfen können, sagte ihr der Pro-fessor. Die rechte Niere arbeitete schon nicht mehr. Der Professor sagte, so etwas bekommt man nicht innerhalb von ein paar Jahren, dass müssen sie schon als Kind bekommen haben. *Laura dachte nur, danke liebe Eltern.*

Und ihre Mutter war so sauer, dass sie zum Arzt ging. Laura überlegte sich, warum ihre Mutter so böse reagierte, wenn sie so starke Schmerzen hatte. Sie hatte doch wirklich nichts falsch gemacht. Ist es denn nicht nor-mal, dass man bei unendlichen Schmerzen einen Arzt aufsucht? Operativ wurde der Stein entfernt. Den Stein hat Laura heute noch. Er wurde auf seine Bestandteile untersucht und hatte alles Negative, was ein Blasenstein haben konnte. Sie musste eine bestimmte Diät einhalten. Keine Milchprodukte, keine Nachtschattengewächse. Wo Laura doch so gerne Quark und Käse aß. So langsam dämmerte es Laura, warum ihre Mutter stets so sauer war, wenn Laura zum Arzt ging. Ob es Nina auch so ging? Leider konnte sie Nina nicht fragen, denn sie hatte sich, als sie auszog, von der ganzen Familie losgesagt. *Hätte meine Mutter mich wirklich lieber sterben lassen?, machte Laura sich Gedanken.*

In den Nächten kamen die schlimmen Albträume aus ihrer Kindheit zurück. Sie sah ihre Mutter im Traum ohne Kopf und in Straps, ihren Stiefvater, wie er sie wieder mit der Gartenhacke bedrohte, um ja stillzuhalten. Laura war 4 Jahre alt, als alles begann. Warum half ihr die Mutter nur nie? Wessen hatte sie sich schuldig gemacht, dass sie so bestraft wurde. Das Gehirn eines Kindes blockt lange Zeit die Erinnerung daran, um den Schmerz aushalten zu können. Wenn Körper und Geist dazu bereit sind, dann kommen die Erinnerungen wieder. Und die fingen genau jetzt an.

Auch bei Kevin hatte Laura diese Albträume und er versuchte sie zu beruhigen, wenn sie nachts aufschrie, indem er sie nur in den Arm nahm. Laura traute sich nicht ihm die Einzelheiten des Albtraumes zu erzählen und er drängte sie auch nicht. Er wusste, irgendwann vielleicht, würde sie ihm davon berichten. Kevin wusste nur, dass Laura so schnell wie möglich von Zuhause weg musste, um ihre Seelenqualen zu mindern. So beschlossen sie, sich eine eigene Wohnung zu suchen.

Kevin wohnte in einer Wohngemeinschaft in der Bleibtreustraße. *Na, wenn das kein gutes Ohmen ist.* Sie haben in der Bleibtreustraße so einiges erlebt. Laura rauchte Zigaretten und Kevin war zu dieser Zeit ein Gelegenheitsraucher. Eines Tages hatte Laura kein Feuerzeug und auch keine Streichhölzer dabei. Da Kevin aber im 5. Obergeschoss ohne Aufzug wohnte, hatte natürlich niemand Lust zum Auto zu gehen, um ein Feuerzeug zu holen. Auch kein anderer aus der WG war Zuhause. Also hat sich Laura ihre Zigarette an dem Heizstrahler im Badezimmer angezündet. Es war eine Heizspirale kurz unterhalb der Decke angebracht. Es war ein Altbau und sie hatten hohe

Decken. Laura musste sich jedes Mal einen Stuhl nehmen und dann warten, bis die Heizspirale richtig heiß war. Kevin hat bestimmt gedacht, was macht sie nur so lange im Bad? Er wusste, dass Frauen da manchmal Stunden über Stunden verbringen können, aber auch seine Laura? Als er sie im Badezimmer auf den Stuhl sah, wie sie an der Heizspirale die Zigarette anzündete, da musste er doch sehr lachen und er hat natürlich seine Sprüche über süchtige Raucher gemacht.

Laura und Kevin waren überglücklich, dass sie zum 1. März gleich eine Wohnung in der Leibnizstraße fanden. Sie waren zwar erst drei Monate zusammen, aber beide waren zuversichtlich, dass ihre Liebe hält. Es war eine schöne, gemütliche Einzimmerwohnung im ersten Obergeschoss. Sie konnten vom Fenster aus, direkt auf die Kantstraße schauen. Es war eine Hauptverkehrsstraße, doch dass störte sie nicht. Die viereckige kleine Küche war voll eingerichtet. Es war ihr eigenes kleines Reich und sie waren so stolz. Besonders Kevin freute sich für Laura, dass sie endlich von Zuhause weg kam. Sie kauften sich einen neuen schwarz-weißen Wohnzimmerschrank. Einen Fernseher holte Kevin vom Sperrmüll, reparierte ihn und er funktionierte einwandfrei. Laura zeigte Kevin das DDR-Fernsehen. Sie mochte so gerne die Sendung mit Pittiplatsch und Schnatterinchen. *So werden Erwachsene wieder zu Kindern, dachte sie sich.* Kevin konnte sich das von Frankfurt aus nie ansehen. Westdeutschland bekam das DDR-Fernsehen nicht rein.

Laura musste auch ihre sogenannte Aussteuer bei ihrer Mutter selbst bezahlen. Auch das Geschirr, was Lauras Mutter auf dem Rummelplatz gewonnen hatte. Als Laura von Zuhause auszog, passte ihre Mutter sehr genau auf, dass sie kein Bügel zu viel mitnahm. Laura wusste nicht, was ihre Mutter mit dem ganzen Geld gemacht hat. Als sie danach fragte, erklärte ihr ihre Mutter, wenn sie mal auszieht, würde sie davon die Möbel für ein Zimmer bekommen. Das ist nie passiert. Sie war auch nicht darauf angewiesen. Es war am Anfang nicht leicht, aber da sie und Kevin immer zusammenhielten, schafften sie auch jede Hürde des Lebens. Alles, was sie hatten, das hatten sie sich selbst erarbeitet und darauf waren sie stolz.

Kevin verdiente durch die Auslösung gutes Geld. Auf der grünen Woche hatten sie an einem Messestand einen Tisch mit Fiberglas, der in schönen Farben leuchtete und auch die Farben wechselte, gesehen. Beide waren total fasziniert. Sie überlegten nicht lange und kauften ihn. Diesen Tisch konnten sie an die Stereoanlage anschließen, dann wechselten sich die Farben mit dem Rhythmus der Musik. Das war schon ein Hingucker. Allerdings hatten sie dafür Kevins Sparbuch seines Inhalts beraubt. Als der Tisch dann geliefert wurde, waren beide sehr stolz. Lauras Eltern hatten sie beide für verrückt erklärt, weil der Tisch 1.800 DM kostete. Das war damals wirklich viel Geld. Die Beiden haben schon immer verrückte Sachen gemeinsam gemacht.

Nun war Kevin schon immer zu Späßen aufgelegt und er wollte seine Familie ein bisschen ärgern, was er auch immer gerne getan hatte. So sind sie in eine Telefonzelle gegangen, da sie noch kein eingenes Telefon hatten. Kevin hat Detlef und Britta angerufen und Detlef meldete sich am Telefon. Kevin sagte, dass er heiraten muss, weil Laura ein Kind erwartete, was natürlich nicht stimmte. Beide mussten so lachen, dass Laura aus der Telefonzelle gehen musste, sonst wäre sie geplatzt. Detlef sagte zu Kevin: »Sei doch nicht so blöd, überlege dir das noch einmal. Rechne doch mal nach, das Kind kann doch gar nicht von dir sein. So lange seid ihr doch noch gar nicht zusammen. Die will dich nur hereinlegen.« Als Kevin das Gespräch beendet hatte, ohne seinen Schwager aufzuklären, mussten sie lauthals loslachen.

Ostern fuhren sie wieder nach Frankfurt. Laura hatte Kevin versprochen, mit dem Rauchen aufzuhören. Sie hatte es leider nicht geschafft. In Frankfurt ist dann ihr Auto kaputt gegangen. Sie mussten einen Kredit aufnehmen, um ein gebrauchtes Auto zu kaufen. Kevin hatte sich für einen Ford Taunus entschieden. Er hatte 6 Zylinder und war sein ganzer Stolz. Sie hatten leider nicht die Zeit, um abzuwarten, bis das Auto angemeldet war und alle Behördengänge erledigt waren. So sind sie mit dem Auto von Detlef nach Hause gefahren und Detlef sollte das neue Auto bei einem Besuch in Berlin vorbei bringen. Das sollte zum 1. Mai sein.

Es muss Mitte April gewesen sein, als Laura und Kevin auf der Arbeit waren. Kevins Hände zitterten, wenn Laura bei ihm stand. Er fragte Laura, was sie vom 01.Mai hielt. Sie ahnte, warum er fragte, tat aber unwissend. Kevin rieb sich immer den linken Ringfinger. Laura wollte schon, dass er es ihr klar sagte. Insgeheim tat er ihr leid, weil er ganz verzweifelt war, dass Laura nicht darauf kam. So sagte sie ihm, was ihr zum 1. Mai einfiel. Tag der Arbeit, ein Feiertag. Kevin fragte Laura, ob sie sich an diesem Tag verloben wollten. Laura war total glücklich, sie musste sich aber vor den Kollegen zusammennehmen und hauchte nur ein Ja.

Britta und Detlef haben Kevin und Laura in Berlin besucht. Sie hatten es niemanden gesagt, dass sie sich verloben wollten. An diesem Tag gingen sie mit der Schwester und Schwager von Kevin shoppen. Als sie wieder zu Hause waren, gingen Detlef und Britta ins Bad und Laura und Kevin steckten sich die Verlobungsringe an, als die Beiden wieder ins Wohnzimmer kamen, fragte Kevin, ob sie auf ihre Verlobung anstoßen wollten. Kevin öffnete die Sektflasche. Die Blicke der Beiden werden Laura und Kevin ihr Leben lang nicht vergessen. Die Gesichter wurden lang und länger. Sie wussten nicht, was sie sagen sollten. Es war für Laura und Kevin zu köstlich, das zu beobachten. Abends gingen sie noch in eine Disco, wo man ein Gedeck nehmen musste. Britta sah das nicht ein und wollte nur ein Glas Orangensaft. Das hat lange gedauert, bis sie das verstand. Detlef sagte, er könne es nicht glauben, wie blöd seine Frau sei. Laura bot ihr an, den Teil des Alkohols abzunehmen. Detlef ignorierte seine Frau komplett. In dieser Disco gab es mehrere Tanzflächen. Alle bis auf Britta hatten sich amüsiert. Am nächsten Tag fuhren die Beiden wieder nach Frankfurt.

Wie immer musste Lauras Mutter alles schlecht machen, was nicht von ihr kam und sie sagte: »Eure Ringe sehen aus, wie aus dem Kaugummiautomaten.« Laura fühlte sich sehr verletzt, denn die Ringe wurden bei einem Juwelier gekauft und waren Weißgold. Laura überlegte, warum ihre Mutter immer alles so schlecht machen musste. Ob es ihr gut tat, andere Leute zu verletzten?

Auch Kevins Eltern waren sehr sauer. Seine Mutter sagte zu Kevin: »Du hast es mir versprochen, dass es nichts Ernstes wird.« Tja so können sich die Zeiten ändern. Später erfuhren sie, dass seine Mutter auch schon eine Frau für ihn ausgesucht hatte. Gut, das die Zeit vorbei war, wo die Kinder den Partner den die Eltern aussuchen, zu heiraten haben. Für Lauras Eltern bedeutete eine Verlobung nichts. Sie waren zu diesem Zeitpunkt noch neutral.

Im gleichen Jahr hat Kevin um die Hand von Laura angehalten. Bevor sie sich kennenlernten, waren beide jeweils mit anderem Partner zusammen und es hatte nicht geklappt. Vielleicht ging es ja jetzt gut, obwohl sie sich noch nicht so lange kannten.

Der Abteilungsleiter kam einige Tage später, nachdem es auf der Arbeit bekannt war zu Laura und hüstelte ein bisschen. Sein Kopf lief rot an, dann sagte er: »Ich muss Sie auf die Rechte und Pflichten einer werdenden Mutter aufklären.« Laura sah ihn fassungslos an, dann konnte sie ihr Lachen nicht mehr zurückhalten. »Meinen Sie nicht auch, dass die angeblich werdende Mutter das zuerst wissen sollte? Nein ich bin nicht schwanger.« »Ja aber sie heiraten doch schon nach sechs Monaten, ist es denn keine Mussehe?« »Nein lieber Herr Abteilungsleiter, es ist keine Mussehe. Gibt es eine gesetzliche Grundlage, ab wann man nach dem Kennenlernen heiraten darf?« Damit war das Thema erledigt. Kevin wurde daraufhin in eine andere Abteilung versetzt. Man wollte damit vermeiden, dass es in der Firma zu Ehestreitigkeit führt. Ob eine Abteilung weiter das verhindern kann, wenn man das wollte?

Für beide war es gut, dass in diesem Jahr das Volljährigkeitsalter von 21 auf 18 Jahre herunter gestuft wurde. Die Genehmigung hätten Kevin und Laura von ihren Eltern nicht bekommen. Zur Hochzeit kamen weder Lauras noch Kevins Eltern. Beide Elternpaare waren gegen diese Heirat. Doch ihre Liebe stand weit darüber.

Nina hatte sich nach Jahren wieder in Form einer Einladungskarte zu ihrem Polterabend bei ihren Eltern gemeldet. Ihre Eltern waren sehr sauer, dass Laura, Kevin und Armin zum Polterabend gingen. Armin war 10 Jahre alt und wollte oft zu Laura und Kevin. Die Eltern gingen auch nicht zur Hochzeit von Nina und Benny. Laura konnte auf dem Polterabend auch wieder ihre Verwandten sehen. Das Verhältnis zu Nina war natürlich eingetrübt.

Laura und Kevin überlegten, wann sie heiraten wollten. Laura schlug Kevin vor, dass es doch schön wäre, wenn sie danach gleich in Urlaub fahren könnten. So einigten sie sich auf den 1. August. Kevin lachte und sagte: »Ich wollte schon immer mal der 1. August sein.« Beide lachten. Sie brauchten beide einen freien Tag um das Aufgebot aufzugeben. Die Kollegen von Laura und Kevin schlossen schon Wetten ab, warum beide an einem Tag freihaben wollten. Sie haben sich aber nur ein paar Stunden freigeben lassen. Als sie wieder auf der Arbeit waren, haben die Kollegen natürlich gleich gefragt und sie sagten ja.

Oh was musste Kevin leiden, weil er immer sagte: »HEIRATEN. ICH. NIE.« Der will auf einmal so schnell heiraten? Kevins Ruf war schnell ruiniert und er musste ganz schön Spießruten laufen. Kevin kaufte sich ein Zentimetermaß von 150 cm länge, und er hat jeden Tag bis zur Hochzeit einen cm abgeschnitten. Den Letzten hat er sich aufgehoben.

Weder Lauras noch Kevins Eltern waren von der Heirat begeistert. Kevins Eltern hatten es auch erst einen Monat vorher erfahren, er war der Meinung, das wäre früh genug.

Lauras Mutter meinte, dann müsse die Kevin erst einmal aufklären, wie sie wirklich ist. Laura erklärte ihr, dass Kevin das schon von ganz alleine herausfinden wird. Beide Elternpaare waren auch nicht zur Hochzeit erschienen. Laura fand das sehr Schade, weil sie der Meinung war, Eltern sollten sich für ihre Kinder freuen, dass sie glücklich sind. Bei Laura und Kevin war das leider nicht der Fall. Kevins Eltern hätten einen Tag früher aus dem Urlaub kommen müssen. Da sie in Deutschland Urlaub machen, wäre es kein Problem gewesen. Und Lauras Mutter sagte, dass sie auch auf Ninas Hochzeit nicht war, da konnte sie bei Laura auch nicht kommen.

Laura bekam von ihrer Mutter zur Hochzeit ein Bügelbrett und ein Bettlaken, mit der Anmerkung, wo sie das 2. Laken kaufen konnte. Den Rest der Bettwäsche hat Lauras leiblicher Vater gekauft. Laura und Kevin haben sich nicht beirren lassen und haben eben ohne Eltern geheiratet. Nina war mit ihrer Freundin zum Polterabend gekommen und flirtete mit Theo, der mit Kevin zuvor in einer WG lebte. Laura wusste auch nicht, warum sie nicht mit ihrem Mann kam. Laura wollte ursprünglich in Weiß heiraten. Da sie aber nicht getauft war, ging es in der Kirche nicht. Beide hatten sich aber geschworen, *wenn wir in 10 Jahren noch zusammen sind, heiraten wir kirchlich mit allem Drum und Dran.*

Kevin war in einer Gruppe, die Fluchthilfe organisierte, DDR Bürger in den Westen zu schmuggeln. Das war kein ungefährlicher Job. Kevin war zwar nur der Kurier, aber das langte Laura schon. Sie wusste, dass die Leute, wenn sie geschnappt wurden, lange in den damaligen DDR-Gefängnissen saßen. Laura hatte Angst um Kevin. Sie hat mit Kevin darüber gesprochen. Er sollte damit aufhören, wenn er weiterhin mit ihr zusammenbleiben wolle. Kevin hörte wirklich auf damit und ein paar Wochen später erfuhren sie, dass der Arbeitskollege mit dem es Kevin zusammen machte, an der Grenze geschnappt wurde. Er wollte die Schlagbäume durchfahren. Das war klar, dass das nicht gut gehen konnte. Somit stand auch Kevin auf der Fahndungsliste der ehemaligen DDR. Sein Arbeitskollege hat damals 15 Jahre Gefängnis bekommen. Nach 2 Jahren wurde er von der BRD freigekauft. Als er wieder herauskam, sah er zehn Jahre älter aus. Laura war so froh, dass Kevin damit aufhörte. Kevin sagte ihr, dass er noch nicht einmal Geld dafür bekommen hatte, weil er ihr zu Liebe vorher ausgestiegen ist. Das störte aber die Beiden nicht mehr.

Kevin erkundigte sich beim Staatssicherheitsdienst, ob sie über die Grenze fahren konnten. Kevin stand ganz oben auf der Fahndungsliste der DDR. Man erklärte ihm, dass sie beide nicht über die Grenze fahren konnten. Auch Laura sollte das nicht tun, weil sie Kevin heiraten wollte. Die hätten Laura festgehalten und Kevin mitteilen lassen, dass sie einen Unfall hatte, sobald Kevin gekommen wäre, hätten sie ihn verhaftet.

Also mussten sie immer einen Fahrer suchen, der ihnen das Auto bis nach Hannover fährt. Laura und Kevin flogen von Berlin nach Hannover, übernahmen ihr Auto und der Fahrer flog zurück nach Berlin. Für den Rückweg galt das Gleiche nur in umgekehrter Reihenfolge. Dann kamen die üblichen Hochzeitsvorbereitungen. Es wurden Einladungskarten gedruckt. Laura und Kevin hatten viel Spaß, weil sie alles gemeinsam machten. Kevins Familie war viel größer, als Lauras, die ja sowieso heillos zerstritten war.

Dann kam das Kleiderproblem. Laura wollte unbedingt einen schwarzen Samthosenanzug. Sie sagte zu Kevin, dass er seine Kleidung zuerst kaufen soll. Als sie dann losgezogen sind, hatte Kevin seine Kleidung in Null-Komma-Nichts zusammen. Laura staunte nicht schlecht, wie schnell es ging. Bei Laura ging es nicht so reibungslos. Sie brauchte eine weiße Bluse und die zu finden war nicht so einfach. Teilweise sagten ihr die Verkäuferinnen, dass man im August nicht heiratet. Im Hochsommer wurden fast nur Poloblusen angeboten. Der Hochzeitstermin kam bedenklich näher und Laura hatte immer noch keine weiße Bluse. Ihr war mittlerweile der Preis egal. Nach langem Ringen fand sich eine schöne weiße Bluse, allerdings musste sie ein langärmlige Bluse nehmen. Für den 1. August sagten die Meteorologen 30°C voraus. Laura musste da durch. Kevin hatte sich lustig gemacht, weil Laura sagte, er solle erst einmal seine Sachen kaufen.

Lauras Mutter sagte, sie braucht etwas für die Hochzeitsnacht und ging mit ihr in ein Dessougeschäft. Sie überredete Laura mehrere Dessous zu kaufen, die Laura total ablehnte. Zähneknirschend zahlte Laura den Preis. Warum musste ihre Mutter immer gegen ihren Willen agieren. Klar Kevin gefiel es. Aber Laura kam sich darin so billig vor. Kevin akzeptierte es, dass Laura die Sachen nicht mehr wollte. Das war einfach nicht ihr Ding.

Der Polterabend fand am 31.Juli in einem Lokal in der Misdroyer Str. 35/Ecke Heiligendammer Str. statt. Laura und Kevin hatten dieses Lokal von ihrem Chef empfohlen bekommen. Der Wirt, der auch der Koch war, hatte ihnen ein tolles Buffet gezaubert. Das High light war ein 1 Meter langes Weißbrot das wurde der Länge nach aufgeschnitten und mit Messern festgesteckt. Ringsherum war es mit verschiedenen Käsesorten garniert. Es sah super aus. Die Gäste haben sich über das Büffet hergemacht, sodass Kevin kaum etwas abbekommen hatte, obwohl reichlich vorhanden war. Laura glaubte, dass Kevin gar keinen Hunger hatte, denn er war ständig damit beschäftigt, die Scherben zusammenzukehren. Vor dem Lokal war ein kleiner eingezäunter Garten, wo gepoltert werden konnte.

Kevin wollte besonders clever sein und hat sich vom Wirt den Schlüssel von dem Tor des kleinen Gartens geben lassen. Kevin hatte sich jedes Mal eingeschlossen, wenn er gekehrt hatte, damit ihm niemand die Scherben wieder durcheinander schob. Nun hatte er schon zwei große Wannen voller Scherben zusammen. Als er fertig war, hatte er den Schlüssel gesucht, um den Garten wieder zu verlassen. Nur hatte Kevin den Schlüssel wohl verloren und mit in die Wannen eingekehrt, ohne es zu merken. So musste er die beiden Wannen selbst ausschütten, um den Schlüssel zu finden. Das Gelächter der Leute war sehr groß, als sie Kevin sahen. Natürlich war der Schlüssel in der letzten Wanne. Die Gäste haben sich darüber köstlich amüsiert. Laura allerdings auch. Wer den Schaden hat, braucht für den Spott nicht mehr zu sorgen.

Der Wirt fragte Kevin, wie lange Laura und Kevin feiern wollten. Kevin sagte, das sie gegen Mitternacht gehen werden. Da am nächsten Morgen die Hochzeit stattfand und sie beide früh aufstehen müssen. Später hatten sie erfahren, dass der Wirt ab Mitternacht bei den Gästen für die Getränke kassiert hatte. Das hatte den Beiden gut gefallen. Sie hatten auch nicht so viel Geld und die Kollegen von Kevins Firma, mit denen er nach Berlin kam, hatten in ein paar Stunden 50 Liter Bier getrunken. Laura und Kevin hatte es ihnen gegönnt, es war eine schöne Feier.

Laura war am 1. August morgens sehr nervös. Sie hatte schon um 8 Uhr ihren Friseurtermin. Kevin wollte den Blumenschmuck fürs Auto und den Brautstrauß holen. Kevin hatte wunderschöne Blumen ausgesucht. Besonders der Brautstrauß gefiel Laura. Sie freute sich so sehr über die Myrtenkränze im Auto. Darauf hatte sie viel Wert gelegt.

Die Trauung im Standesamt Charlottenburg war um 11 Uhr angesetzt. Sie mussten aber dann noch 15 Minuten länger warten. In der Wartezeit bekamen Laura und Kevin von den Gästen so schlaue Empfehlungen, dass sie sich das noch einmal überlegen können und noch ein paar andere Sprüche. Dann waren sie an der Reihe. Der Standesbeamte hat ganz ganz langsam gesprochen und jedes seiner Worte betont. Laura musste sich innerlich das Lachen verbeißen.

Als Laura gefragt wurde, ob sie Kevin zum Ehemann nehmen wollte, sagte Laura schon JA und der Standesbeamte war noch gar nicht fertig. Dann schritten sie zur Unterschrift. Laura hätte sich beinahe verschrieben. Der Standesbeamte meinte, für solche Fälle hätten sie immer zwei Formulare vorbereitet. Nach der Trauung auf dem Gang haben sich Laura und Kevin erst einmal die Ringe angesteckt, das hatte der Standesbeamte vergessen. Unten wartete schon der Fotograf auf die Beiden. Nach der Trauung mussten Laura und Kevin noch schnell zur Meldestelle, um die Ausweispapiere abzuholen. Sie wollten am nächsten Tag nach Österreich in den Urlaub fahren. Alles war schon vorbereitet, es hatte nur noch die Heiratsurkunde gefehlt.

Für die Feier wurde im canadischen Steakhaus reserviert. Als sie dort ankamen, hatten sie den Tisch sehr schön dekoriert. Kevin sagte den Trauzeugen, dass sie sich aus der Menükarte etwas aussuchen können, was sie wollten. Der Chef von den Beiden sprach von einem Aperitif. Es wollte sonst niemand, so hatte er es sich auch nicht getraut zu bestellen. Laura und Kevin hatten ihn aufgefordert zu bestellen, was er möchte. So war das auch mit dem Nachtisch. Da wollte er gerne Birne Helene essen. Und wieder wollte das sonst niemand. Laura und Kevin waren wohl noch viel zu aufgeregt, um an das Essen zu denken. Die Trauzeugen sind dann nach dem Essen wieder arbeiten gegangen. Laura und Kevin sind nach Hause gefahren, als ihnen einfiel, dass sie für den Urlaub sich das Prämiensparen von Laura auszahlen lassen wollten, auch das ging nur mit der Heiratsurkunde. Also beeilten sie sich, zur Bank zu kommen. Vor der Bank haben sie auch gleich eine aus der früheren Clique von Laura getroffen. Sie war sehr betroffen, dass Laura so schnell geheiratet hat. Sie gehörte zu dem Freundeskreis von Linus. Später erfuhren sie, dass Linus es ausgerechnet an seinem Geburtstag, am 3.8. erfuhr, dass Laura geheiratet hatte.

Die Sache mit der Bank war auch erledigt. Dem Urlaub stand demzufolge nichts mehr im Wege. Abends waren sie noch mit den Eltern von Laura jugoslawisch Essen. Am nächsten Tag ging es in den Urlaub. Wieder mussten die Beiden bis Hannover fliegen und haben dort ihr Auto in Empfang genommen, dass Freunde über die Grenze gefahren hatten. Das war immer umständlich und sehr kostspielig. Jedes Mal waren es vier Flüge, die sie buchen mussten. Da ihr letzter Fahrer nicht mehr alleine fliegen wollte. Es hatte aber alles geklappt.

Sie sind dann nach Frankfurt gefahren und von dort aus nach München. Kevins Familie abklappern. Laura kannte viele von ihnen noch nicht. In München waren sie bei Peter und Monika. Sie sind spät angekommen. Vier Stunden wurde sich unterhalten, ohne das Laura ein Wort sagte, bis sie gefragt wurde, warum sie sich nicht mit unterhält? Sie hat kein Wort von dem Dialekt verstanden. Sie dachte, die Münchner haben einen schrecklichen Dialekt. Vielleicht denken das die Münchner auch von dem Berliner Dialekt. Dort sind sie zwei Tage geblieben.

Die Reise ging weiter nach Passau und nach Berchtesgaden. Das erste Zimmer, was sie gebucht hatten, war genau neben einer Kirchturmuhr. Sie hatte exakt alle 15 Minuten lautstark mit ihren »dezenten« Glocken die Uhrzeit angesagt. Laura und Kevin konnte keine Minute schlafen. Zudem hat das Bett fürchterlich gequietscht, dass sie teilweise auf dem Boden gelegen haben. Aber wollten sie unbedingt schlafen – auf der Hochzeitsreise? Am nächsten Tag sind sie weiter gefahren zum Haus von Gottfried. Sie sind dort den restlichen Urlaub geblieben. Von dort aus haben sie Fahrten in die wunderschöne Gegend unternommen. Die Frau von Gottfried war eine richtige Kräuterhexe. Sie hatte Laura und Kevin genau erklärt, was man mit Kräutern alles tun kann. Sie war in ihrer Art auch wieder lieb. In der ersten Nacht bei Gottfried sagte Kevin zu Laura, sie soll ab jetzt die Pille weglassen.

In Berchtesgaden hat es den Beiden sehr gut gefallen. Die Fahrt in das Salzbergwerk hatte ihnen viel Spaß gemacht. Sie waren auch für ein Foto im Königssee. Für mehr war der Gebirgssee einfach zu kalt. Nur die ganz mutigen sind ins Wasser gegangen. Kevin hatte sich in Österreich eine Flasche Strohrum gekauft und sie dummerweise im Auto liegen gelassen. Bei der Hitze im Auto ist sie geplatzt. Das hat furchtbar gestunken und am nächsten Tag wollten sie wieder über die Grenze nach Hause fahren. Sie ließen die Nacht über die Fenster offen. Da sie erst am nächsten Nachmittag fahren wollten, hofften sie, dass die Grenzer den Strohrumgeruch nicht merkten. Es ging alles gut, sie hatten Glück.

Laura litt weiter unter ihren Ängsten und den Albträumen. In den Träumen sah sie sich immer wieder als Kind schreiend, sich windend, wenn ihr Stiefvater wieder über sie war und ihre Mutter, die nur zuschaute. Sie bekam es manchmal nicht aus dem Kopf. Alles Neue brachte wieder ihre Dämonen auf die Tagesordnung, die sich einen Spaß daraus machten, sie zu ängstigen und verhöhnten, dass sie das Vorhaben nicht bewältigen könnte. Kevin bestärkte sie, es doch zu versuchen und immer wieder erkannte Laura, dass sie sehr wohl viel erreichen konnte. Sie war kreativ, sie schrieb gerne Geschichten, die sie sich ausdachte.

Kevin hatte sich mit seiner Schwiegermutter aus bekannten Gründen nicht gut verstanden. Er wagte ihr zu widersprechen und das konnte Matilda nicht vertragen. Das hatte auch bisher niemand gewagt. Mit Ninas Mann dagegen konnte Matilda auch alles machen, sie konnte ihn manipulieren. Nur an Kevin kam sie nicht heran. Es machte Matilda wahnsinnig, weil Kevin immer eine »Anstandskartoffel« beim Essen übrig ließ. Oder wenn sie ihm etwas zum Kosten geben wollte, und er es nicht wollte. Da konnte sie richtig fuchsig werden. So kam es vor, dass er ein Dreivierteljahr nicht mit seiner Schwiegermutter sprach. Er war aber nicht dagegen, dass Laura zu ihrer Mutter fuhr. Nur manchmal war er etwas sauer, wenn sie zu spät nach Hause kam. Er hatte die Befürchtung, Matilda würde wieder alles dransetzen, dass er mit Laura Streit bekommt.

Kevin erzählt Laura schon sehr früh, was er von seiner Schwiegermutter hielt und wie sie war, wenn er Bilder von ihr sah. Laura hatte ihm nie geglaubt. Erst viel später musste sie erkennen, wie recht er hatte. So gut konnte ihre Mutter sie blenden. Wenn es wieder einmal Streit mit Lauras Mutter gab, versuchte Armin zu vermitteln. Er mochte das gar nicht, wenn sich Menschen nicht verstehen. Armin hatte auch nie Partei für eine Seite ergriffen. Das fanden Laura und Kevin sehr gut, obwohl er erst 11 Jahre alt war. Armin war sehr oft bei Laura und Kevin. Sie haben ihn auch überall mitgenommen und viel mit ihm unternommen. So gingen sie mit ihm auch in einige Freizeitparks. Da Kevin und Armin gerne Achterbahnen fuhren, kamen beide auf ihre Kosten. Für Laura war das gar nichts, sie wartete unten, bis die Beiden wieder heraus kamen.

Laura und Kevin waren schon immer sehr tierlieb. So bekam Kevin zum Geburtstag von Eva, einer Arbeitskollegin, einen Hasen geschenkt. Laura holte noch ein echtes Teutoburger Zwergkaninchen dazu, damit der Hase nicht so alleine war. Allerdings ist es ein sehr großer Hase geworden. Das war kein Zwergkaninchen. Da kamen die Erinnerungen von Lauras Hasen als Kind hoch. Hier war er aber in der Wohnung und wurde ganz bestimmt nicht geschlachtet. Kevin hatte den Hasen so dressiert, dass er an der Küchentür haltmachte. Laura war krankgeschrieben und Kevin wollte sie anrufen, aber erreichte sie nie. Er kam etwas sauer abends nach Hause. Laura sagte ihm, dass sie zu Hause war und das Telefon nicht klingelte. Kevin ging zum Telefon und merkte, dass die Leitung tot war. Kein Freizeichen mehr. Dann zog er an dem Telefonkabel und siehe da, der Hase hatte das Kabel durchgebissen. Da war von Kevin eine Entschuldigung fällig. Kevin hatte Fernmeldetechnik gelernt und so konnte er alles, was mit dem Telefon zutun hatte, selbst reparieren. Der Hase hatte nur einmal ein Stromkabel durchgebissen. Er muss ein Stromschlag bekommen haben. Er schüttelte sich und rappelte sich wieder auf. Von Stunde an blieben alle Kabel heil. Noch einmal traute sich der Hase nicht an die Kabel heran.

Im Januar wurde Laura volljährig. Sie bekam vom Jugendamt einen Brief, dass sie zum Amt kommen sollte. Zuerst ignorierte sie den Brief, dann kam noch ein zweites Schreiben, da fuhr sie mit Kevin hin und man händigte ihr die Gerichtsakten aus, wo es um die Alimente von ihrem leiblichen Vater ging. Damit hatte sie wirklich nicht gerechnet. Im Auto überflogen sie diese Akten. Ihre Mutter hatte ein ausschweifendes Liebesleben und es war nicht so einfach den richtigen Vater zu ermitteln. Es standen mehrere zur Auswahl. Ein DNA Test gab es damals noch nicht. Nach den damaligen Tests wurde Albert aus der Lostrommel gezogen. Er kam mit 98% der Erbanlagen am ehesten als Erzeuger in Frage. Diese ganzen Akten schockierten Laura doch sehr. Natürlich machten sich die Beiden über Lauras Mutter lustig. Als sie nach Hause fuhren, wartete ihre Mutter schon und wollte wissen, was das Jugendamt von ihr wollte. Warum war ihre Mutter so aufgeregt? Als sie die Akten auf den Tisch legte, war es mit der Fassung ihrer Mutter vorbei. Sie tobte und wollte das Jugendamt verklagen. Was sie natürlich nicht tat, weil das Jugendamt richtig gehandelt hatte. Immerhin war Laura die Klägerin und von daher war es richtig, dass man ihr die Akten aushändigte. Lauras Mutter fragte, ob sie die Akten behalten konnte, Laura hatte nichts dagegen. Matilda war auch sehr sauer, dass sie das im Auto mit Kevin zusammengelesen hatte. Die äußerliche weiße Weste ihrer Mutter schien zu bröckeln.

6.

Über Weihnachten 1976/1977 sind Laura und Kevin nach Californien zu Ruth, einer Schwester von Kevin geflogen. Amerika war schon immer ein Traumland von Kevin. Auch Laura gefiel es dort sehr gut. Nur hatte Ruth eine Frau für Kevin auserkoren, und Kevin hatte Laura mitgebracht. Kevin hat seine Schwester zurechtgewiesen, denn im Mittelalter leben sie nicht mehr. In der Neuzeit wäre es so, dass sich jeder den Partner selber aussuchen kann. Leider kam es zum Krach mit Ruth. Sie war auf das Glück der Beiden eifersüchtig. Laura und Kevin lachten viel, und das konnte Ruth überhaupt nicht ausstehen. Laura glaubte, Ruth war vom Leben verbittert. Das war kein so schöner Urlaubsausgang.

Als sie wieder in Deutschland waren, gingen sie eines Tages an einem Zoogeschäft vorbei und da sah Laura ihn - Fridolin. Er war ein Totenkopfäffchen. Seit frühester Kindheit hatte Laura Affen geliebt. Nicht eine Babypuppe war für Laura wichtig, sondern ihr Stoffaffe. Sie bettelte und bettelte Kevin an, und da er ihr sowieso keinen Wunsch abschlagen konnte, kaufte er den Affen für 600 DM. Er war in einem viel zu kleinen Käfig und dafür sollten sie noch einmal 500 DM bezahlen. Sie nahmen den Käfig nur leihweise, Kevin wollte einen größeren Käfig bauen. Das tat er auch. Der neue Käfig von Fridolin war 1,20 m breit, 70 m tief und 1,60 m hoch. Kevin baute die Gitter so, dass er sie abnehmen und in die Badewanne stellen konnte. Das erleichterte doch sehr die Reinigung. Fridolin war wirklich zu drollig. Wenn Laura und Kevin einen Mittagschlaf hielten, und Friedolin war der Meinung, nun haben sie aber lange genug geschlafen, dann ist er auf die Brust von Kevin gesprungen und hat sich lautstark bemerkbar gemacht. Als wollte er sagen: »Nun wird es aber Zeit aufzustehen, ich will spielen.« Wenn er aus dem Fenster sehen wollte, ist er vom Sofa auf den Fernsehschrank gesprungen, hat die Gardine ganz langsam beiseitegeschoben und sah hinaus. Danach hat er die Gardine wieder zurückgeschoben. Was für ihn normal, aber für Laura und Kevin doch gewöhnungsbedürftig war, dass Friedolin ständig onaniert hatte. Wenn es ihm kam, hielt er seinen Penis von sich. Sicherlich hat ihm eine Frau gefehlt.

Machte Laura Brote zum Abendessen, musste sie immer aufpassen, ob Friedolin im Käfig war. Wenn nicht, ist er an ihren Beinen hoch geklettert, hat sich ein Brot geklaut. Die Wurst runter genommen, die Butter abgeleckt, das Brot fallen gelassen und hat anschließend die Wurst gefressen. Manchmal wollte er vom Wohnzimmertisch eine ganze Traube mit Weintrauben, hinter sich herziehen. Friedolin spielte auch sehr gerne mit Kevin mit einer Kohlrabi Ball. Laura hatte ihre Freude, ihnen zuzusehen. Seine Leibspeise waren aber Mehlwürmer. Nun hatten sie zwei Hasen und einen Affen in der Einzimmerwohnung. Es war für alle Platz. Raum ist in der kleinsten Hütte.

Friedolin wurde auch gebadet. Er mochte das total gerne, nach dem Baden bei Kevin zu kuscheln. Schlimm war es, als Fridolin krank wurde. Er war handzahm, nur wenn er Schmerzen hatte, hat er um sich gebissen. Kevin musste ihn mit Handschuhen einfangen und zum Tierarzt bringen. Dort im Behandlungszimmer ist er ausgebüxt. Er hatte einen vereiterten Zahn und musste operiert werden. Laura und Kevin tat der arme Kerl so leid. Als sie wieder mit Friedolin zu Hause waren, dauerte es lange, bis er wieder Zutrauen zu Laura und Kevin gefunden hatte. Sie hatten aber keine andere Möglichkeit, sie wollten ihren kleinen Liebling nur helfen. Er konnte auch sehr laut schreien. Das hat man in der Praxis vom Tierarzt gehört. Er musste wohl sehr viel Angst gehabt haben.

Laura und Kevin beschlossen, sich eine größere Wohnung zu suchen und sie fanden auch eine sehr schöne. Drei Zimmer, Küche, Bad, in der Aschaffenburger Str. in Schöneberg. Allerdings mussten sie 3 Monatsmieten Kaution hinterlegen. Sie hatten zwar das Ehestandsdarlehen aufgenommen, aber sie mussten 1-2 Wochen überbrücken. So fragten sie Albert, ob er ihnen das Geld für die maximalen zwei Wochen leihen würde. Ihre Mutter war dagegen und hat so lange auf Albert eingeredet, bis er nicht einwilligte. Sie haben es dann über die Bank regeln können. Nur vergessen hatten sie es ihrer Mutter nicht. Ihren leiblichen Vater hätte es nicht wehgetan, Geld hatte er genug. So kam Laura wieder einmal zu der Erkenntnis, dass ihr Vater nichts von ihr, sondern nur mit ihrer Mutter ins Bett gehen wollte. Sie erwartete von Albert schließlich nichts geschenkt zu bekommen. So sagten sich Laura und Kevin, brauchen sie auch nicht Danke zu sagen.

Nach dem Umzug in die größere Wohnung konnte Kevin die Käfigteile von Friedolin nicht mehr in die Badewanne stellen, weil diese kleiner war. Ab da war es ein echtes Problem, den Käfig sauber zu halten. Die Überlegung von Laura und Kevin war, ihn eventuell abzugeben, aber wohin? Denn es stand der Umzug von Berlin nach Frankfurt im Raum, aber nur ganz vage. Fridolin sollte es gut haben und so entschlossen sie sich, ihn dem Berliner Zoo zu geben. Dort hatte er es wirklich gut. Sie haben Friedolin später besucht und er hatte schon eine Frau und Kinder. Laura und Kevin erkannten ihn an der Narbe im Gesicht. Da wussten sie, dass sie die richtige Entscheidung getroffen hatten. Friedolin war dort sehr glücklich und konnte seinen Sexualtrieb ausleben.

Am 20.08.1977 waren sie wieder im Las Vegas. Vier Tage nach dem Tod von Elvis Presley. Die Welt trauerte um den King of Rock. Kevin war ein großer Fan von Elvis. Er hatte noch die ersten Schallplatten von ihm, darauf war er sehr stolz. Kevin hatte viele 5,-- DM Scheine in seiner Hemdtasche. Oft ging er zum

DJ und fragte nach Songs von Elvis. Nach einer Weile fragte der DJ ihn: »Do you like Elvis Presley?« Das war nun unverkennbar. Und Kevin war nicht der Einzige, der nach Elvis Songs fragte, aber der Einzige, der dafür bezahlte.

Eines Abends machten es sich die Beiden im Wohnzimmer gemütlich und sahen sich einen Krimi im Fernsehen an. Kevin hatte Laura in seinem Arm, als sie auf einmal zusammenbrach. Sie weinte und konnte nicht mehr aufhören. Kevin war sehr erschrocken und wusste nicht, was los war. Als Laura wieder normal atmen konnte und das Weinen weniger wurde, erzählte sie, dass auch sie als vierjährige von ihrem Stiefvater missbraucht wurde und auch sie hatte einen Esel als Stofftier. Genau wie im Film. In dem Krimi ging es um den Missbrauch von einem kleinen Mädchen. Fast im gleichen Alter wie Laura. Auch sehr hübsch mit blonden Locken. Kevin schaltete sofort ein anderes Programm ein und tröstete Laura. Sie redeten die ganze Nacht. Laura sagte zum ersten Mal zu Kevin, dass sie oft Albträume habe. Zum ersten Mal fühlte sie sich bei einem Mann gut aufgehoben, weil er nicht auch noch sarkastisch wurde, wie Linus. Kevin ist sehr ernst geworden.

Hatte Kevin bis zu diesem Zeitpunkt gedacht, dass er nicht der Mr. Right für Laura war, eben weil sie so anders war, wurde er jetzt eines besseren belehrt. Nun verstand er sie mehr und mehr. Und er hatte einen großen Hass auf ihre Eltern. Lauras ganzes Verhalten machte auf einmal für ihn einen Sinn. Er wollte die Eltern von Laura anzeigen und war außer sich vor Wut, seine Hände zu Fäusten geballt. Auch dachte Kevin daran, zu ihren Eltern zu fahren und auf die Hauswand »Kinderschänder« zu sprühen. Aber Laura hatte davor Panikattacken und bat Kevin inständig, dies nicht zu tun. Sie flehte Kevin an, nichts zu unternehmen. Die Angst war für Laura übergroß. Sie hatte große Angst, dass Norbert sie umbringen würde. Zu gut hatte sie seine Drohungen noch im Kopf. Nur Laura zu Liebe verhielt Kevin sich ruhig. Und nur mit großer Mühe konnte sich Kevin zurückhalten. Mit jedem Albtraum von Laura wuchs seine Wut auf ihre Eltern, obwohl er bis jetzt nur einen kleinen Teil wusste. Er wollte sich nicht ausmalen, was noch zum Vorschein kommt. Kevin dachte sich auch, dass Laura ein Gerichtsverfahren nicht durchstehen würde. Das konnte er ihr nicht antun, so schwer es ihm auch fiel.

Wie gefährlich rauchen sein kann, hat Kevin am eigenen Leib erfahren müssen. Er hatte auf seiner linken Pobacke einen Furunkel. Eigentlich ist das nicht weiter schlimm. Er wurde immer größer und verursachte auch Schmerzen. Lauras Mutter gab ihr den Rat die Salbe Ichtolan drauf zu geben. Danach ist es noch viel schlimmer geworden. Kevin hatte sehr starke Schmerzen und sein linkes Bein schmerzte auch sehr stark. Sie sind dann in die Poliklinik Westend gefahren. Die Ärzte sagten, dass man das aufschneiden muss. Es wurde ein OP-Termin ausgemacht. Es sollte unter Vollnarkose gemacht werden. Laura hatte sehr große Angst um Kevin. Die Krankenschwester sagte dann noch, er solle an diesem Morgen nichts essen, trinken und nicht rauchen. Daran hatte Kevin sich auch gehalten.

Laura war an diesem Morgen sehr nervös. Kevin sagte zu Laura: »Hey, ich werde operiert und nicht du. Mach dir keine Sorgen, es geht schon gut.« Laura rauchte eine Zigarette nach der anderen. Dann sind sie ins Krankenhaus gefahren. Als Kevin aufgerufen wurde, ist Laura vor die Tür gegangen. Es hat gefühlte Stunden gedauert. Laura verstand nicht, warum das so lange dauerte. Nach 1 ½ Stunden wurde Laura aufgerufen. Sie haben Kevin in einen kleinen Raum zum Aufwachen geschoben. Kevin roch ganz schlimm aus dem Mund. Gleichzeitig freute sich Laura, dass nun alles überstanden war. Kevin freute sich, seine Laura zu sehen. Eine Weile musste Kevin liegen bleiben. Als Kevin dann endgültig wach war, hat er nach einem Steak gefragt. Das hörte die Krankenschwester und sie sagte: »Nein nein, Sie müssen noch etwas langsam tun. Essen Sie heute nur etwas leicht Bekömmliches.« Das war nicht das, was Kevin hören wollte. Nach einer weiteren halben Stunde konnten sie nach Hause gefahren.

Laura fuhr ganz vorsichtig, aber trotzdem hatte jede Erschütterung Kevin Schmerzen verursacht. Laura hatte es fast mehr wehgetan, als Kevin. Im Auto erzählte Kevin seiner Laura, dass es ganz schön peinlich war. Als er in den kleinen OP gekommen ist, standen einige Schwestern und Ärzte herum. Ein Pfleger sagte, Kevin sollte sich ausziehen und sich auf die Trage legen. Kevin schaute sich um und alle Augen waren auf ihn gerichtet. Kevin fragte: »Ganz?« Ja antwortete der Pfleger, ganz. Kevin hat sich schnell ausgezogen und auf die Trage gelegt. Als er aufwachte, hat man ihm einen Schlauch aus der Nase gezogen, was wohl sehr unangenehm war.

Zuhause angekommen musste Kevin sich hinlegen, die Narkose steckte ihm noch in den Knochen. Abends bekam Kevin Fieber und die Wunde fing an zu bluten. Kevin hatte nichts anderes im Kopf als Sex. Laura erklärte ihm, dass das unmöglich ginge. Sie hatte viel zu viel Angst, das etwas passieren könnte. Dass die Wunde noch mehr bluten würde. Kevin hat es zwar hingenommen, aber war nicht sehr glücklich dabei. Später musste Laura das Krankenhaus anrufen, weil sie nicht wusste, was sie mit der blutenden Wunde tun sollte. Selbst der Verband war ganz mit Blut durchtränkt. Man beruhigte Laura, dass es nicht weiter schlimm wäre und sie sollten am nächsten Morgen zum Verbinden kommen. Am nächsten Tag im Krankenhaus wurde die Wunde tamponiert. Kevin erzählte, dass er noch nie solche Schmerzen aushalten musste, wie bei diesem Verbandwechsel. Der Arzt der Kevin verbunden hatte, war auch bei der OP dabei. Er fragte Kevin, ob er am OP-Tag etwas gegessen, getrunken oder geraucht hatte. Kevin antwortete, dass er nichts von allem tat, nur seine Frau rauchte am Morgen. Dann sagte der Arzt zu Kevin, dass er bei der OP fast gestorben wäre. Er hatte sich während der OP übergeben. Das war der Grund, warum er so stark aus dem Mund roch. Für Laura war das ein großer Schock.

Laura machte sich im Nachhinein große Vorwürfe, dass sie geraucht hatte. Nicht auszudenken, wenn ihr geliebter Kevin wirklich daran gestorben wäre und das nur durch ihre Schuld. Kevin musste öfters zum Verbinden und er sagte, es wäre jedes Mal die Hölle gewesen. Laura wusste, dass Kevin nicht wehleidig war. Er tat ihr sehr leid. Seitdem hatten sie keine Ichtolan-Salbe mehr im Haus. Egal was Matilda darüber sagte. Kevin konnte lange nicht richtig sitzen. Es gab also wenig zu tun, was Kevin machen konnte. Laura musste wieder arbeiten gehen. Kevin hat dann angefangen, Ölbilder zu malen. Auch das machte ihm Schwierigkeiten beim Sitzen. Sie waren beide froh, als das zu Ende war. Kevin ist ein Schaffer, er kann nicht lange ruhig herumsitzen. Das Nichtstun bekam ihm gar nicht.

7.

Für Kevin war es nicht einfach in Berlin zu leben. Er war die Freiheit gewohnt, von jetzt auf gleich in alle Richtungen fahren zu können. Berlin hatte noch die Mauer. Diagonal waren es rund 40km gewesen. Lange hatte er mit Laura darüber diskutiert, welchen Weg sie gehen wollten. Kevin sagte zu Laura, dass er nicht wisse, wie lange sein beinamputierter Vater noch leben würde. Laura wollte Kevin glücklich sehen. So fragte sie ihn, ob es ihn glücklich machen würde, wenn sie nach Frankfurt ziehen würden. Ja sagte Kevin, ich wäre in der Nähe von meinem Vater. So beschlossen sie ihren Umzug nach Frankfurt am Main. Wieder eine neue Veränderung für Laura. Sie fürchtete sich wieder davor, sagte dieses Mal Kevin aber nichts davon. Was würde da alles auf sie zukommen?

Lauras Mutter sagte zu ihr, dass sie ein Vaterlandsverräter sei. Eine Berlinerin verlässt niemals Berlin. Matilda hat wohl gespürt, dass sie so langsam ihre restliche Macht über Laura verlor. Kevin dachte sich, dass es für Laura sehr gut sein wird, wenn sie aus dem Wirkungskreis ihrer Mutter heraus kam. Zu sehr und zu lange hatte seine Laura unter ihr gelitten.

In der Folgezeit sind sie hin und wieder nach Frankfurt gefahren, um sich um eine Wohnung zu bemühen. Britta und Detlef wollten aus ihrer Wohnung ausziehen. Sie haben versucht, ob Kevin und Laura die Wohnung übernehmen können. Nach langem hin und her konnten sie die Wohnung von der Neuen Heimat anmieten. Im März 1978 war der Umzug nach Frankfurt am Main geplant. Es war kein einfacher Umzug. Sie mieteten sich einen LKW, er wurde mit ein paar Freunden voll beladen. Die letzte Nacht haben sie bei Lauras Eltern übernachtet. Ihre Wohnung haben sie dem Vermieter übergeben. Sie waren traurig, dass sie für die teure Heizkörperverkleidung keinen Abstand bekommen hatten. Der Vermieter sagte ihnen, sie könnten sie ja raus nehmen. Dafür war leider keine Zeit mehr.

Als sie am Morgen losfahren wollten, merkten sie, dass mit dem LKW etwas nicht stimmte. Er sprang nicht mehr an. Es wurde die Verleihfirma angerufen. Sie schickten einen Mechaniker vorbei. Nach seiner Einschätzung hatten Laura und Kevin zwei Möglichkeiten.

Der LKW wird mit Starthilfe gestartet und sie bekämen eine Bescheinigung, das sie den Motor nicht mehr ausmachen durften. Das war besonders für die Grenze und Tankstellen wichtig. Ja das hieße aber auch, sie mussten die 540km bis nach Frankfurt am Main durchfahren. Ohne gemeinsame Pausen. Oder die andere Möglichkeit war, sie würden einen neuen LKW schicken und Kevin und Laura müssten alles umpacken. Sie wählten die erste Variante.

Britta und Detlef dachten wohl, sie hätten eine gute Einnahmequell in Laura und Kevin gefunden. Sie wollten immer mehr Geld für den Abstand der Wohnung, als abgemacht war. Es kam dann soweit, dass Kevin sagte, sie sollen die Sachen aus der Wohnung nehmen, was sie dann auch taten. Kevin sagte, er wäre keine melkende Kuh für seine Schwester und Schwager. Laura sagte zu Kevin, seine Familie sei nicht viel besser als ihre eigene. Laura und Kevin wohnten nun im 15. Stock eines Hochhauses. Es war eine schöne Zweizimmerwohnung, Küche, Bad. Neben der Wohnungstür war eine weitere Tür, dahinter befand sich eine Abstellkammer. Sie hatten einen schönen langen Balkon. Der Aufzug war nicht gerade vorzeigbar, dafür wurden sie mit der Wohnung belohnt. Die Wohnung war sehr schön, aber die Umgebung hat ihnen nicht so gut gefallen. Laura und Kevin gaben sich viel Mühe die Wohnung so gemütlich wie möglich einzurichten.

Kevin hatte gleich einen Job. Den Arbeitsvertrag hatte er schon von Berlin aus unterschrieben. Er war bauleitender Monteur in einer Firma in Frankfurt, die den Frankfurter Fernsehturm – den heutigen Europaturm mit gebaut hat. Liebevoll wurde er von den Frankfurtern »Ginnheimer Spargel« genannt. Kevins Aufgabe bestand darin, das Fernmeldenetz, sowie die Notrufanlage und die Beschallung im Besucherbereich zu installieren.

In dieser Zeit war der Fernsehturm mit seinen 331 m das höchste freistehende Bauwerk in Deutschland. Die Kanzel alleine umfasst sechs Stockwerke, hat einen Durchmesser von 59 m und ist damit die weltweit breiteste Kanzel. Sie befindet sich in 227 m Höhe. Der einzigartige Blick reichte über das gesamte Rhein-Main Gebiet. In den oberen Stockwerken der Kanzel sind die Technikräume eingerichtet, die früher auch den bemannten sogenannten »Tonstern« enthielten. Die beiden unteren

Etagen der Kanzel waren für den Besucherbetrieb mit einem Restaurant vorgesehen. Als Kevin Laura eines Tages Bilder zeigte, wo er auf dem schrägen Fenster der Kanzel lag und in die Tiefe schaute, stockte ihr der Atem. Er musste ihr versprechen, dies nie wieder zu tun. Von dem Prestigeobjekt ist nicht mehr viel übrig geblieben. Das Drehrestaurant gibt es nicht mehr. Die Frankfurter Bürger waren sehr traurig, dass sie nicht mehr auf ihren »Ginnheimer Spargel«, wie der Europaturm im Volksmund heißt, hinauf konnten. Mit dem Namen »Europaturm« konnten sich die Bürger nicht so richtig anfreunden.

Laura fand keine Arbeit. Kevin war in seiner Freizeit bei der Johanniter Unfallhilfe gewesen. So begann Laura eine Ausbildung als Schwesternhelferin in Kassel. Es ist ihnen sehr schwer gefallen, 14 Tage getrennt zu sein. Am Wochenende fuhr Laura nach Hause. Diese Lehre war anstrengend, sie musste sehr viele lateinische Wörter lernen. Was sonst in einem Jahr gelehrt wurde, sollte sie in den zwei Wochen lernen. Einige Lehrgangsteilnehmer hatten richtige Angst, weil sie ohne diese Ausbildung ihren Job verloren hätten. Als Laura den Lehrgang mit Erfolg bestanden hatte, folgte noch ein Praktikum in einem diakonischen Krankenhaus. Sie ist mit einigen Schwestern überhaupt nicht klargekommen. Mit den Patienten war das kein Problem, das machte ihr Spaß. So brach sie ihr Praktikum früher ab. Sie hatte in diesem Krankenhaus viel Elend erlebt und sie bat Kevin, sollte ihr einmal etwas zustoßen, sie bitte nicht in dieses Krankenhaus bringen zu lassen.

Als Laura immer noch keine Arbeit fand, beschloss sie, das erstbeste Altersheim anzurufen und sich dort zu bewerben. Leider kannte sie sich mit den Entfernungen nicht so gut aus. Das erste Altersheim war in Fechenheim. Sie haben Laura auch sofort eingestellt. Abends erzählte sie Kevin ganz stolz, dass sie einen Job hat. Er hat sich zwar gefreut, aber er sagte auch, dass es ziemlich weit weg sei. So hatte sie 1 ½ Stunden einfache Wegstrecke. Die Arbeit hat ihr viel Spaß gemacht. Nur wenn sie Wochenenddienst hatte, war es sehr anstrengend. Sie ist um 5 Uhr Früh weggefahren und kam erst um 21:30 Uhr wieder nach Hause. Sie hatte mittags zwar vier Stunden frei, aber das lohnte sich nicht, nach Hause zu fahren. Manchmal kam Kevin zu ihr und sie sind spazieren gegangen.

Laura kam auf die Station, wo die alten Leute geistig verwirrt waren. Wenn eine Oma oder Opa starb, konnte Laura drei Tage nicht schlafen. Was man in einem Altersheim erlebt, ist oft nicht sehr schön. Am schlimmsten fand Laura die Angehörigen, wenn jemand gestorben ist. Die alten Leute waren manchmal noch nicht tot, da wurden schon die Habseligkeiten der Leute abgeholt. Oder die Angehörigen kamen gar nicht, obwohl die alten Leute nach dem Sohn oder Tochter fragten, wenn sie fühlten, dass es zu Ende ging.

Ein Erlebnis wird Laura nie vergessen. Da lag eine alte Frau im Sterbezimmer, als der Stationspfleger rein kam und sagte: »Die gibt bald den Löffel ab.« Laura war ganz schön sauer auf ihn, weil sie durch ihre Ausbildung wusste, dass Menschen noch 6 Stunden nach ihrem Tod hören können. Die Frau machte die

Augen auf und fragte Laura, ob auch ein Arzt kommen würde, wenn es zu Ende ging. Sie hatte mit »Ja« geantwortet, obwohl sie wusste, dass es nicht passieren würde. Sie wollte die Frau beruhigen. Laura blieb die ganze Zeit bei ihr und die Frau war ihr so dankbar dafür. Sie hat die Hand der Frau gestreichelt. Auf einmal hatte sie sich noch einmal aufgebäumt, d. h., sie hat sich noch einmal hingesetzt und ist dann in sich zusammengesunken und starb. Laura hat sich in diesem Moment sehr erschrocken. Ab diesem Zeitpunkt hatte Laura Angst, einmal in ein Altersheim zu kommen. Das war für Laura die erste direkte Begegnung mit dem Tod.

Als Laura auf ihrer Station war, bekam sie einen Anruf von einem Arbeitskollegen von Kevin. Er teilte ihr mit, dass Kevin gerade ins Krankenhaus gebracht wurde. Laura fragte nur noch in welches und legte ohne weiteres zu fragen unverzüglich auf. Sie sah gleich die Bilder vor sich, die Kevin ihr zeigte, und hatte furchtbare Angst, dass etwas Schreckliches passiert sein konnte. Sie nahm sich sofort frei und fuhr ins Nordwest-Krankenhaus, welches der Arbeitskollege ihr nannte. Kaum dort angekommen, fragte sie sich durch und man sagte ihr, dass ihn der Rettungsdienst schon nach Hause gefahren hat.

Zu dieser Zeit war es nicht üblich, dass jeder ein Handy hatte. Sofort fuhr sie nach Hause, um nach Kevin zu sehen. Sie wusste immer noch nicht, was eigentlich genau geschehen war. Als sie endlich zu Hause angekommen war, kam sie nicht in die Wohnung rein, weil Kevin seinen Schlüssel von innen in das Schlüsselloch gesteckt hatte. Auf ihr Klingeln reagierte Kevin nicht. Laura lief in die Abstellkammer und klopfte gegen die Wand, weil dahinter das Schlafzimmer war. Kevin rührte sich nicht. Sie fuhr mit dem Aufzug herunter an die nächste Telefonzelle und rief ihn an. Auch auf das Telefon reagierte er nicht. Laura bekam die totale Panik. Sie lief wieder zur Wohnung und klingelte beim Nachbarn, ob er vielleicht eine Idee hat, wie sie in die Wohnung kommen könnte. Nachdem er sich alles angehört hatte, meinte er, sie soll die Feuerwehr rufen. Ja, das war wohl wirklich die beste Lösung.

Das tat sie dann auch. Die erste Frage von der Leitstelle war, ob sie einen Ehestreit schlichten sollten. Nein rief Laura verärgert ins Telefon, sie habe große Angst um ihren Mann. Dann kam die Feuerwehr mit Blaulicht und Martinshorn. Auch die Feuerwehrleute hämmerten gegen die Tür. Kevin rührte sich nicht. Laura war in Tränen aufgelöst. Ein Feuerwehrmann stieg über den Balkon der Nachbarin auf ihren Balkon und schauten durch die Fenster. Als er zurückkam, sagte er, »Man kann nichts sehen, weil die Gardinen zugezogen seien, es wäre billiger das Türschloss aufzubohren, als die Balkontür einzuschlagen.« Also bohrten sie das Schloss der Tür auf. Die Feuerwehrleute verteilten sich sofort in alle Räume. Und als sie ins Schlafzimmer kamen, da wurde Kevin wach und schaute nicht schlecht, als das ganze Schlafzimmer voller Feuerwehrleute stand. Der Feuerwehrmann fragte, was geschehen sei. Dann erzählte Kevin, dass er auf dem Fernmeldeturm arbeitete und auf einmal sehr starke Rückenschmerzen bekam und die Beine versagten. Einer seiner Kollegen holte einen Krankenwagen und der brachte ihn ins Krankenhaus.

Er wurde untersucht bekam eine Spritze und wurde dann nach Hause gefahren. Er sollte die Valium 10 einnehmen und sich hinlegen. Die weitere Behandlung sollte der Hausarzt übernehmen. Durch das Valium und die Spritze vom Krankenhaus hat er nichts mehr gehört. Für die Feuerwehr war alles klar und sie gingen. Zurück blieb eine total aufgelöste weinende Laura. Sie war so froh, dass er noch lebte. Ihre Fantasie spielte ihr einen bösen Streich. Sie beschlossen, nie wieder den Schlüssel von innen in das Schlüsselloch zu stecken, wenn nur einer zu Hause ist.

Wäre Laura nicht so aufgeregt gewesen und hätte Kevins Arbeitskollegen ausreden lassen, als er sie anrief, dann hätte sie erfahren, dass er auf dem Weg nach Hause war. Laura und Kevin waren zu dieser Zeit beim Renovieren des Schlafzimmers und so standen kleinere Möbelstücke teilweise in der Küche. Laura und Kevin lernten echte wahre Verwandtschaftshilfe kennen. Einen Tag später kam Detlef und Britta und wollten Kaffe trinken. Laura war mit Kevins Anweisung dabei, das Schlafzimmer fertig zu renovieren. Das war eine Premiere für Laura. Sie hatte vorher noch nie renoviert. Kevin musste das Bett hüten und auf einer ausgehängten Tür liegen. Laura freute sich, als Detlef kam, weil sie glaubte, er könnte ihr bei der Renovierung helfen.

Als Detlef und Britta das alles sahen und hörten, was passiert war, sind sie ganz schnell nach Hause gefahren. Und Laura wartete umsonst, dass Detlef ihr half. Sie machte allerdings auch keine Anstalten für sie Kaffee zu kochen. Sie sagte zu Kevin: »Und du bist immer gleich zur Stelle, wenn sie Hilfe brauchen.« Laura hat es auch alleine geschafft, auch wenn es etwas länger dauerte. Es ist doch immer schön, nette Familienmitglieder zu haben.

8.

Im November 1979 musste Laura erneut operiert werden. Es stand eine große Operation an. Als in Berlin 1974 der Blasenstein entfernt wurde, hatten die Ärzte den kaputten Harnleiter nicht in Ordnung gebracht. So hatte sie ständig im Frühjahr und Herbst eine schlimme Nierenbeckenentzündung. Der Arzt in Frankfurt sagte ihr, der Harnleiter sei dadurch verkrüppelt und es musste eine Harnleiterplastik gemacht werden. Eine sogenannte Boariplastik. Es sollte kein Fremdkörper genommen werden. Die Blase sollte verkleinert und daraus ein neuer Harnleiter geformt werden. Über die Chancen konnte der Arzt leider keine Prognose abgeben. Sie willigte trotzdem ein, sie hatte im Grunde auch keine andere Wahl.

Und wieder wollte Matilda Laura davon abhalten, zum Arzt zu gehen. Da war nichts, das braucht sie nicht. Kevin hielt zu Laura und beide glaubten dem Arzt. Matilda hatte sich auch nicht erkundigt, wie es Laura nach der Operation ging. Soweit ging ihr Interesse zu ihrer Tochter wohl nicht.

Laura hatte extreme Ängste vor Operationen. Sie musste auf ein Bett im Krankenhaus warten. Kevin gab ihr schon das Rauschmittel Valoron N, das sie einmal bekam, als Laura sich im Solarium verbrannte. Kevin redete auch mit dem Arzt und innerhalb von einem Tag bekam sie ein Bett im Krankenhaus. Es war eine schwere Operation mit großen Komplikationen. Kevin war immer an ihrer Seite. Jeden Tag fuhr er zu ihr ins Krankenhaus. Sie liebte ihn dafür noch mehr. Sie hatten zu dieser Zeit kein Auto und Kevin ist täglich den weiten Weg von der Arbeit zum Katharinen Krankenhaus gekommen. Nur einmal bekam Laura einen Stich, als Kevin eines Tages mit seiner Ex-Freundin zu ihr kam. Das hat Laura sehr verletzt. Gott sei Dank ist nichts passiert. Sie glaubte Kevin, dass er sich nichts dabei dachte. Im Krankenbett zu liegen und dem zuzusehen, war schon hart an der Grenze des erträglichen.

Nach fünf Wochen konnte Laura endlich das Krankenhaus verlassen. Sie musste noch ein Jahr Antibiotika nehmen. Sie merkte, als sie wieder arbeiten ging, dass sie die alten Leute nicht mehr verbinden konnte. Laura wusste nicht, woran das lag. Ihr ist jedes Mal schlecht geworden, wenn sie den Verband wechseln sollte.

In der Folgezeit hatte Laura keine großen gesundheitlichen Beschwerden mehr. Sie war so glücklich, dass die Operation erfolgreich war. Nach 1 ½ Jahren ging ihr Urologe, der sie auch operierte, in Rente. Mit seinem Nachfolger war sie nicht mehr zufrieden. Er wollte jedes Mal prophylaktisch eine Blasenspiegelung machen. Das bedeutete für Laura, wieder für Wochen Antibiotika zu nehmen. Gegen einige Antibiotika war sie schon resistent. Der Körper regeneriert sich in sechs Monaten wieder. Aus diesem Grund redete Laura mit ihrem Hausarzt und er hat die Urinuntersuchungen übernommen. Erst wenn es wieder zu ernstlichen Problemen kommen sollte, wollte sie einen Urologen aufsuchen. Das brauchte sie nie wieder. Es war von ihr die richtige Entscheidung gewesen.

Nach weiteren Untersuchungen in Sachen Kinderwunsch erfuhren Laura und Kevin, dass Laura keine Kinder bekommen kann. Sie wurde durch den Missbrauch körperlich so kaputt gemacht. Es wäre eine große Operation von Nöten, um das wieder alles zu richten. Darauf haben sie dann verzichtet. Kevin sagte zu Laura, dass er sie auch ohne Kinder liebe. Wenn es nicht sein soll, ist es halt Bestimmung. Laura litt darunter mehr als Kevin. Sie wären bevorzugt behandelt worden, bei einer Adoption. Das wollten beide nicht. Also richteten sie ihr Leben ohne Kinder ein.

Anfang 1981 hörte Laura im Altersheim auf zu arbeiten. Kevin wollte es nicht mehr mitmachen. Meistens hatte Laura am Wochenende und an den Feiertagen Dienst. Außerdem hatte Laura zu viel Mitleid mit den alten Leuten, denen es nicht so gut ging. Seit ihrer OP bekam sie immer mehr Probleme mit dem schweren Heben.

Zu Detlef und Britta hatte sich das Verhältnis wieder etwas gebessert. Eines Abends trafen sich ein paar Freunde bei den Beiden. Unter anderem ein befreundetes Kölner Ehepaar. Es wurde gespielt und es gab Rumtopf zu trinken. Laura sagte stets: »Für mich bitte nur die Früchte.« Alle schauten sie ungläubig an und meinten, in den Früchten sei der meiste Alkohol. Laura blieb dabei, sie wollte nur die Früchte. Sie spielten schwarzer Korken. Alle warteten darauf, dass es einen Schlag tat und Laura betrunken vom Stuhl fällt. Das ist aber nicht geschehen. Alle Freunde haben die

Welt nicht mehr verstanden. Laura ist nach vielen Stunden ganz normal mit Kevin nach Hause gegangen. Das war noch sehr lange ein Gesprächsthema.

Im Sommer bekam Laura und Kevin Besuch von Lauras Mutter. Sie haben ihr die Sehenswürdigkeiten von Frankfurt gezeigt, alles war soweit in Ordnung. Bis Kevin eines Abends nicht pünktlich von der Arbeit nach Hause kam. Laura machte sich Sorgen und ihre Mutter sagte: »Das macht er nur, weil ich hier bin.« Da war sie wieder, ihre Feindseligkeit. Laura wollte dann mit ihrer Mutter einkaufen gehen. Unten am Fahrstuhl haben sie Kevin getroffen. Er hatte drei Finger dick verbunden, weil er einen Arbeitsunfall hatte. Danach ist Lauras Mutter etwas ruhiger geworden. Beide waren froh, als Matilda endlich wieder abreiste.

Laura und Kevin wollten sich eine größere Wohnung suchen. Ihnen hat das Hochhaus nicht mehr gefallen. Es war eine große Anonymität und sie hatten eine verrückte Nachbarin, sie hatte oft nachts aus dem Balkon geschrien. Andere Nachbarn hatten ihretwegen sehr oft die Polizei geholt. Dort war sie schon bekannt. Dann hatte sie Kevin nachts angerufen und meinte, er sei ein Kanackenschwein und noch mehr wüste Beschimpfungen. Kevin sieht weder wie ein Südländer aus, noch hat er jemals mit ihr ein Wort gewechselt. Nachts klopfte sie sehr laut gegen die Wand. Die Frau war ernstlich krank. Umso schneller wollte Laura dort ausziehen. Sie traute sich nicht mehr alleine aus der Wohnung. Die Schatten der Vergangenheit konnte sie nicht ablegen.

Britta rief eines Tages an und sagte, in ihrer Nähe wird eine Wohnung frei. Kevin hatte dort sofort angerufen und hatte Glück, sie bekamen die Wohnung. So konnten sie zum 1. Mai dort einziehen. Es war eine sehr schöne Dreizimmerwohnung mit einem schönen eckigen Balkon. Sie gefiel Laura und Kevin sehr gut. Allerdings mussten erst alle Räume renoviert werden. Für die Beiden war das kein Problem. Auch das schafften sie ohne Hilfe der Familie. Auf einmal hatten sie alle ganz wichtige Dinge zu tun.

Im Dezember 1984 fuhren sie mit ihren Freunden Alice und Hagen in Urlaub nach St. Gilgen am Wolfgangsee. Die Dame vom Reisebüro fragte, ob sie zu dieser Zeit wirklich dorthin wollten. Kevin und Laura hatten sich gefreut, dass noch Plätze frei waren, und buchten gleich. Erst später wussten sie, was die Dame vom Reisebüro meinte. Wenn sie essen gehen wollten, haben die Restaurants, wenn man sie kommen sah, die Tür verschlossen. Sie hatten wirklich Probleme, wenn sie Essen gehen wollten. Das hätte die Dame im Reisebüro Laura und Kevin auch sagen sollen, dass zu dieser Jahreszeit so gar nichts los war. Kevin dachte, da fängt die Hauptsaison wegen Weihnachten wieder an. Sie waren nicht die einzigen Urlauber am Ort. So kamen sie mit den anderen ins Gespräch und es wurden »Geheimtipps« von Restaurants ausgetauscht.

Am 6. Januar waren sie bei einer Krampusfeier. Der Krampus ist eine Schreckgestalt in Begleitung des Heiligen Sankt Nikolaus. Er macht einen Höllenlärm mit seinen Rasseln. Das ist in Österreich so der Brauch. Während der Nikolaus die braven Kinder beschenkt, werden die unartigen Kinder vom Krampus mit der Weidenrute bestraft. Krampusse treten meistens in Gruppen auf. So machen sie gerne jagt auf die Urlauber. Das bekam besonders Laura zu spüren. Sie wollte ihren Po mit den Händen schützen. Später sah sie im Restaurant, dass ihre Hände tiefe Schürfwunden hatten. Das hatten die Krampusse eindeutig übertrieben. *Und wieder dachte Laura an ihre Kindheit, wo sie so oft geschlagen wurde. Hörte das denn niemals auf?*

Hagen war etwas korpulent und so hatten sie immer ihren Spaß, im Restaurant, weil er immer die größte Portion bekam. Kevin, sehr schlank, bekam die kleinste Portion. Das war schon sehr amüsant. Laura hatte die ganzen zwei Wochen immer nur Schnitzel mit Pommes frites bestellt. Da sie Abnehmen wollte, wusste sie die Kalorienzahl. Sie hatte schon beachtlich abgenommen und wollte das nicht im Urlaub gefährden. Die ganze Sache brachte ihr die Auszeichnung des – goldenen Schnitzels am Bande - von Alice und Hagen ein. Die Kehrseite von Lauras schlanker Figur war, dass sie noch mehr von Männern angemacht wurde. Oh, wie sie das hasste. Schlank und blond, so musste eine Frau aussehen. Laura färbte sich die Haare dunkler, in der Hoffnung, dann mehr Ruhe zu haben. Miniröcke hatte sie nur noch Zuhause für Kevin an.

Laura und Kevin liebten das Leben und genossen es in vollen Zügen. Beide hatten ein gutes Einkommen und konnten sich so einiges leisten. Nichts ahnend flog Laura alleine nach Berlin, um ihre Eltern zu besuchen. Kevin konnte aus beruflichen Gründen nicht mitfliegen. Sie hatten eine sehr enge Bindung und unendliches Vertrauen.

Dann kam etwas, was Laura total aus der Bahn warf. Matilda sagte ihr, dass sie mit Kevin geschlafen hatte. Für Laura brach eine Welt zusammen. Sie vertraute Kevin und sagte sich immer wieder, dass Kevin sie niemals mit ihrer Mutter betrügen würde. Er würde sich eine Strapsmaus nehmen, aber nicht ihre Mutter. Details wollte Matilda ihr nicht sagen. Sie meinte zu Laura: »Frag ihn doch, er wird dir nicht die Wahrheit sagen.« Laura buchte ihren Flug um und flog nach Hause. Auf dem Flug fragte sich Laura immer wieder, warum sagt das eine Mutter zu ihrer Tochter. Nur um sie mit ihrem Mann auseinander zu bringen? Sie fand keine Antwort darauf. Sie war sich nur ganz sicher, dass Kevin das niemals getan hat. Er redete doch schon so lange nicht mehr mit seiner Schwiegermutter. Darum musste immer Laura bei ihren Eltern anrufen, Matilda wollte nicht, dass Kevin an das Telefon ging.

Laura hat auch gleich mit Kevin darüber gesprochen. Kevin war sehr traurig und versicherte ihr, dass das nicht stimmt. Er sagte ihr aber auch, dass sie immer einen Zweifel haben würde, wie oft er ihr auch beteuern wird, dass das nicht stimmt, was ihre Mutter da erzählte. Er nannte Matilda eine falsche Schlange. Beide litten sehr darunter. Laura glaubte Kevin, sie kannte ihn lange genug. Alles andere war für sie absurd. Sollte Matilda das nur gesagt haben, um die Beiden auseinander zu bringen, dann ging auch das nach hinten los. Sie hielten weiter zusammen und Laura entfernte sich immer mehr von ihrer Mutter. Sollte nicht jede Mutter froh sein, wenn ihr Kind glücklich verheiratet ist? Bei Lauras Mutter war das nicht so. Laura wusste, dass ihre Mutter sie für einen Vaterlandsverräter hielt, weil sie von Berlin nach Frankfurt gezogen ist. Ihre Mutter hatte sie nicht mehr unter Kontrolle. Für Laura ein befreiendes Leben.

Konnte der Neid einer Mutter wirklich so groß sein, so etwas zu behaupten? Laura dachte sich, dass ihre Mutter vom Leben wohl sehr verbittert sein musste, so etwas dem eigenen Kind anzutun obwohl, welche Mutter leiht ihre 4 jährige Tochter für Geld anderen Männern aus?

Das Versprechen wurde eingehalten. Nach neun Jahren Ehe sprach Kevin Laura an, dass sie sich taufen lassen musste, damit er sie an ihrer Rosenhochzeit kirchlich heiraten konnte. Sie gingen zu ihrer Gemeinde und sprachen mit dem Pfarrer. Dieser freute sich sehr, dass es so etwas noch gab. Gerne wollte er Laura taufen und ein Jahr später beide trauen. Nur musste Kevin erst wieder in die Kirchengemeinde eintreten. So wurde die Taufe auf den 19.08.1984 festgelegt. Laura war aufgeregt und sie wurde von Kevin immer wieder wegen des Taufbeckens aufgezogen, natürlich machten alle Freunde da mit. Nein, in dem Alter braucht man sich nicht mehr über das Taufbecken halten zu lassen. Es gab immer wieder viel Gelächter. Lauras Mutter hatte dafür kein

Verständnis und fragte Laura, ob sie nun endgültig kirchlich angehaucht sei. Sie musste sich viele Beschimpfungen anhören. Laura hörte schon langsam nicht mehr zu. Kevin und Laura wollten die kirchliche Trauung und sie zogen es auch ohne Lauras Eltern durch. Somit verschlechterte sich das ohnehin sehr angespannte Verhältnis zwischen Laura und ihren Eltern. Laura mochte auch schon in der Schule den Religionsunterricht. Schon damals gab es immer Probleme, weil Laura nicht getauft war.

Die kirchliche Hochzeit wurde auf den 03.08.1985 festgelegt. Auf der Vorderseite der Einladungskarte schrieben sie: »*Wir heiraten schon wieder.*« Im Innenteil stand: »*Unsere Rosenhochzeit gab uns den Anlass, die kirchliche Trauung am 3. August 1985 nachzuholen. Um zu zeigen, was Ehe und Partnerschaft für uns bedeuten, möchten wir alle unsere Freunde an diesem glücklichen Ereignis teilnehmen lassen.*«

Dann folgten die Einladungsdaten. Den Spruch empfand Lauras Mutter als eine Frechheit. Sie und Kevin konnten den Grund nicht verstehen, machten sich aber auch keine Gedanken mehr darüber. An der kirchlichen Trauung war Laura noch nervöser, als bei der standesamtlichen Trauung. Lauras Bruder

Armin kam mit seiner Freundin nach Frankfurt. Dann kam Marianne zum Frisieren und Birgit zum Schminken. Kevin holte in der Zwischenzeit die Blumen fürs Auto und den Brautstrauß. Laura war von dem Brautstrauß etwas enttäuscht. Sie fand ihn viel zu klein. Dann mussten sie vor der Trauung zum Fotografen, weil es zeitlich nicht anders ging. Es war sehr aufregend. Andere Autos, die es sahen, hupten. Jeder sagte, was Laura für eine hübsche Braut in ihrem zartblauen Hochzeitskleid war. Kevin war so stolz auf seine Laura. Dann dachte sich Laura schmunzelnd, *wenn die anderen wüssten, dass wir schon 10 Jahre Ehe hinter uns haben.*

Alice und Hagen, ein ganz liebes älteres Ehepaar, mit denen Kevin und Laura eng befreundet waren, versuchten Lauras Eltern einzuladen. Sie hätten auch in ihrem Haus übernachten können. Nur Lauras Mutter blieb unerbittlich hart und verweigerte sich bei der Hochzeit ihrer Tochter anwesend zu sein. Wie auch schon bei der standesamtlichen Trauung. Somit nahmen Alice und Hagen den Part, den eigentlich die Eltern innehaben, auf den Hochzeitsbildern mit drauf zu sein. Sie wurden ohnehin immer von Kevin und Laura als Ersatzeltern angesehen. Lauras Mutter war total außer sich, dass es Laura gewagt hatte, wirklich kirchlich zu heiraten, obwohl sie es ihr verboten hatte. Sie konnte Laura nichts mehr verbieten, Laura war längst erwachsen und mit ihren 31 Jahren. Sie ließ sich nichts mehr von ihrer Mutter verbieten.

Eine ganz andere Hilfsbereitschaft wurde Kevin und Laura 1986 zuteil. Sie kamen gerade aus ihrem Urlaub und erfuhren, dass der Neffe von Kevin in Kalifornien bei einem Autounfall gestorben ist. Robert war erst 16 Jahre alt. Nun ging es darum, dass einer aus der Familie nach Amerika fliegen sollte, um der Beerdigung beizuwohnen und Kevins Schwester Trost zu geben. Nur niemand in der Familie war bereit für die Reise aufzukommen. Spontan sagten Kevin und Laura, dass sie fliegen würden. Nur war der Pass der Beiden abgelaufen. Eine Nachbarin half unbürokratisch, weil sie auf der Passstelle arbeitete. Nun brauchten sie noch einen Flug nach Los Angeles. Kevin ging mit Laura zum Hauptbahnhof ins Reisebüro und fragte nach einen

Flug, «Ja wann wollen sie denn fliegen – heute noch.«, Kevin erzählte ihnen den Grund. Erst schauten sie ganz dumm und dann ging alles ganz schnell. Sie fanden einen Flug der aber schon zwei Stunden später ging. Die Koffer waren noch zu Hause. Im Tiefflug raste Kevin nach Hause, holte die noch nicht geöffneten Koffer. Dann wurde Hagen noch abgeholt, der ihr Auto wieder nach Hause fahren sollte. Als sie wieder vor dem Reisebüro standen, wartete schon der Eigentürmer des Reisebüros und sagte ganz schnell, dass sie in sein Auto einsteigen sollten. Er würde sie zum Flughafen fahren. So fuhren Kevin und Laura in einem Jaguar zum Flughafen. Er war wirklich von Feinsten, innen mit ganz dickem Teppich ausgelegt. Weiße weiche Ledersitze, die Armatur aus glänzendem Wurzelholz.

Laura dachte sich, *den Flug schaffen wir im Leben nicht*, aber sie schafften ihn wirklich, die Tickets lagen schon bereit und sie bedankten sich beim Chef des Reisebüros. Und schon waren sie auf dem Weg zum Flugzeug. Die Beerdigung von Robert war sehr dramatisch, als Laura und Kevin hörten, dass der Freund der bei Robert im Auto mitfuhr, sich wegen Müdigkeit auf die Rückbank legte und somit durch den Unfall unverletzt blieb. Er hatte sich noch vor der Beerdigung eine Kugel in den Kopf gejagt, weil er mit dem Tod von Robert nicht zurechtkam und sich die Schuld an dem Unfall gab. Er glaubte, hätte er nicht geschlafen, wäre es nicht zu diesem Unfall gekommen. Laura und Kevin blieben eine Woche in Kalifornien. Nie wieder haben sie so ein tolles Reisebüro gefunden. Nach der Reise fuhr Kevin noch einmal zum Reisebüro und brachte Blumen und Champagner dorthin. Kevin und Laura waren noch sehr lange Gesprächsthema in diesem Reisebüro.

Eines Tages, als Kevin bei der freiwilligen Feuerwehr an ihrem Wohnort, Dienst hatte, rief Laura ihre Eltern an. Sie wollte eigentlich nur fragen, wie es ihnen ging. Und wieder gab es für Laura nur Beschimpfungen seitens ihrer Mutter. Was sie alles in ihrem Leben falsch gemacht hätte. Nur dieses Mal gab Laura ihr Widerworte, ließ sich nicht mehr alles gefallen. Es war falsch Kevin zu heiraten, mit ihm nach Frankfurt gezogen zu sein. Dass Laura nicht mit ihr nach Teneriffa flog und vieles mehr.

Dabei fielen ihr die Worte ihrer Mutter von früher ein: »Wenn ihr einmal verheiratet seid, dann müsst ihr zu eurem Ehemann stehen.« Nichts anderes hatte Laura getan. Aber in diesem Fall war auch das nicht richtig. Dann sagte ihre Mutter zu ihr, dass sie nun keine Tochter mehr habe und Laura legte den Telefonhörer auf. Laura hatte sich nicht mehr telefonisch bei ihrer Mutter gemeldet. Zu tief war sie verletzt.

Als Kevin nachts nach Hause kam und in der ganzen Wohnung Licht sah, wunderte er sich sehr. Er fand seine Frau sehr aufgebracht vor. Sie haben sich sehr lange unterhalten und Kevin wusste nun mit Sicherheit, dass Laura ihm glaubte, dass er nie etwas mit seiner Schwiegermutter im Bett hatte. Das war für Kevin wie ein Befreiungsschlag. In der Folgezeit erfuhr Laura von ihrem Bruder, wie es zu Hause ging.

1988 erfuhr Laura von ihrem Bruder, dass ihr Stiefvater Krebs hatte. Er ist auf der Arbeit zusammengebrochen. Es hat wohl mit einem Gehirntumor angefangen. Kevin musste sich immer noch zusammennehmen, um seinen Schwiegervater nicht eine rein zu hauen, was er mit Laura als Kind anstellte. Also rief er ihn auf Lauras bitten im Krankenhaus an. Norbert beschwerte sich sehr, dass ihre Mutter ihn mit ganz wüsten Beschimpfungen titulierte. Sie war schlichtweg sauer, weil er ins Krankenhaus gekommen ist. Obwohl sie doch immer von sich behauptete die schlimmsten Krankheiten zu haben. Die Ärzte hätten alle keine Ahnung, nur sie wisse, was für ihrem Mann gut war.

Laura schickte ihm über Fleurop einen Blumenstrauß und schon beschwerte sich Nina, weil dieser Blumenstrauß größer war, als ihrer. Laura hatte keine Ahnung, wie groß welche Blumensträuße waren. Sie war außer sich über diesen so sinnlosen Krach mit ihrer Schwester. Laura stand mit Armin im engen Kontakt und so erfuhr sie immer das Neuste von Zuhause. Sie hatte weiterhin – Kevin empfahl es ihr – zu Feiertagen lediglich Karten geschickt. So auch zum Geburtstag von ihrem Stiefvater. Die Karte kam zurück mit einem Vermerk ihrer Mutter, »Empfänger verstorben.« Die Karte kam genau an dem Tag, wo ihr Stiefvater beerdigt wurde. Auch Armin erfuhr vom Tod seines Vaters erst an dem Beerdigungstag. Wie Laura von Armin erfuhr, wurde an der Beerdigung keine Predigt gehalten. Ihre Mutter war der Meinung, dass niemand über ihn reden sollte, der ihn nicht kannte. Es waren nur vier Leute auf der Beerdigung. Lauras Mutter, Armin mit Freundin und ein Nachbar. Laura sagte zu Kevin, dass sie das ihrer Mutter nie vergessen wird. Kevin musste Laura in vielen Gesprächen wieder aufbauen. Sie hatte wieder ihre Albträume und Ängste. Kevin dachte sich, *wie sollte das bei Laura jemals besser werden, wenn sie immer und immer wieder von solchen Gemeinheiten seitens ihrer Eltern bedacht wurde. Er hatte wirklich Angst davor, sollte sich Laura an alles wieder genau erinnern können. Er hatte sich erkundigt, in welche Depressionen es Laura stürzen könnte. Er wollte auf jeden Fall immer hinter ihr stehen. Egal was passiert. Für Kevin war es ein Seegen, dass dieser Kinderschänder endlich weg war. Er konnte seiner Laura nicht mehr wehtun.*

Überraschend ist Lauras Mutter im September 1990 gestorben. Armin hatte sie in der Wohnung tot aufgefunden. Sie ist einsam und alleine gestorben. Ob sie sich das so vorgestellt hatte? Alle Leute hatten sich von ihr abge-

wandt. Das war wohl der Preis für ihre jahre-
langen Gehässigkeiten.

Laura und Kevin haben sich Urlaub genommen, und sind nach Berlin gefahren, um
Armin mit der Wohnungsauflösung zu helfen.
Laura war geschockt, als sie in die Wohnung,
die sie schon ein paar Jahre nicht mehr sah,
hinein kam. Es standen überall Schränke. Das
Wohnzimmer hatte zwei Türen und die eine
Tür konnte man nicht mehr öffnen. Laura hatte in einer Wohnung noch nie so viele Schränke gesehen. Sie waren voll von Semmelmehl
und abgelaufenen Kaffee. Am schlimmsten
waren die Massen von Yve Roche, teilweise
abgelaufen. Laura ist weinend raus gelaufen
und sie kamen erst nach der Beerdigung in die
Wohnung zurück. Da Armin die Beerdigung
organisiert hatte, wurde sie genauso gehalten,
wie die seines Vaters. Armin hatte auch nicht
Nina informiert, was Laura nicht so gut fand.
Laura wusste von Nina keine Adresse oder
Telefonnummer. Es war auch Ninas Mutter.
Auf der Beerdigung waren außer Kevin, Laura, Armin und dessen Freundin niemand anwesend. Als der Sarg in die Erde gelassen
wurde, riefen die Sargträger nur »Gott hilf.«

Die Wohnungsauflösung empfand Laura sehr schlimm. Das Einzige, was Laura mitnehmen wollte, waren die Gerichtsakten, weil es um sie ging. Armin hatte auch kein Problem damit. Laura machte sich ganz andere Gedanken. Da waren bestimmt Dinge in der Wohnung, die ihren Eltern viel bedeutet hatten, die nun alle auf den Müll kamen. Laura hat alles ihrem Bruder überlassen. Von dieser Zeit an hing Laura nicht mehr an materiellen Dingen. Sie erkannte, sie waren so vergänglich.

Sie wollte ihrem Bruder gerne helfen, aber Armin hatte keinen Bock in die Wohnung zu gehen. Laura erklärte ihm, dass sie nicht unendlich Urlaub hätten. Sie müssten bald wieder nach Frankfurt fahren. Da Armin nie so richtig arbeiten gegangen ist, konnte er sich auch nicht vorstellen, dass man nicht immer zuhause bleiben konnte, wie es einem gefiel. Armin hatte keine Lust den schriftlichen Kram zu machen. Er verschlampte alles. Er hat die Wohnung nicht rechtzeitig gekündigt, hat seine Mutter bei der Rentenstelle zu spät abgemeldet, sodass er die letzte Rente zurückzahlen musste. Armin ist in dieser Zeit öfters in Urlaub gefahren. Ja dann konnte Laura ihn nicht mehr helfen. Armin sagte ihnen bei einem der vielen Gesprächsabende, dass Matilda einmal zu ihm sagte: »Laura hat es von allen am besten getroffen«, ja sie meinte es von der Ehe her. Und warum war es so, weil Kevin und Laura immer zusammenhielten, egal was kam. Und niemand konnte in ihre Ehe einbrechen.

So traurig Laura auch über den Tod ihrer Eltern war, so befreit fühlte sie sich auch. Es kamen keine Gemeinheiten mehr vonseiten ihrer Mutter. Sie konnte endlich anfangen, richtig zu leben.

Das war ein guter Grundgedanke, nur war er nicht durchführbar. Nach einem Jahr kamen nachts die richtigen Flashbacks. Sie konnte sich auf einmal an ALLES aufs Genaueste erinnern, was man mit ihr als Kind gemacht hatte. Jede Einzelheit und das warf Laura total um. Laura spürte den Schmerz von damals. Sie glaubte, ihr Unterleib zerreißt sie. Zuerst schrie und dann weinte sie. Kevin war sofort bei ihr und nahm sie in den Arm. Er konnte sie nicht trösten nur bei ihr sein und zuhören, nun erzählte sie ihm alles. Was er da hörte, war fast am Rand des Erträglichen. Sie sah das Haus in der Kolonie bildlich vor sich, mit jeder Tasse im Schrank, die es dort gab. Dass das Dach im

Kinderzimmer noch kein Dach hatte und so vieles mehr. Und sie sah, was man ihr wirklich antat. Wie viele Männer es wirklich waren, wo sie immer wieder weiter gereicht wurde. Wie sie blutete. Und die Geldscheine, die man ihrer Mutter zusteckte. Die schon längst verschwunden geglaubten Dämone waren wieder da und lachten gehässig. Laura brach komplett zusammen. Kevin wusste nicht, was er noch machen konnte. Er hörte sich alles an und seine Wut gegen seine Schwiegereltern wurde unermesslich groß. Er sagte: »Sie sollten Gott danken, dass sie unter der Erde liegen. Und wir haben auch noch für die die Grabsteine bezahlt, ich könnte sie glatt runter reißen.« All das Widerliche, was Laura ihm nun erzählte, war fast zu viel für ihn.

Er wusste, er musste nun stark sein für seine Laura. Er liebte sie so sehr. Sie redeten nächtelang, an Schlaf war nicht mehr zu denken. Kevin sagte ihr: »Ich danke dir, dass du mich nicht hasst, ich möchte versuchen zu verstehen, wie du dich fühlst, aber ich kann es nicht. Ich habe dieses Grässliche nicht erlebt. Und ich glaube dir, das kann nur jemand wirklich verstehen, der das durchgemacht hat, was man dir antat.« Laura hatte Angst, die

Augen zu schließen, dass die Flashbacks weiter gehen.

Laura fiel in eine tiefe Depression. Sie redete nicht mehr mit Kevin, was immer er auch tat, prallte bei ihr ab. Es war Weihnachtszeit und beide liebten diese Zeit so sehr. Die Dekoration war längst fertig, aber Laura war das alles egal. Das ängstigte Kevin sehr. So kannte er seine Laura nicht. Sie wollte nicht mehr Essen, nicht mehr trinken und nicht mehr sprechen. Kevin ließ nicht nach mit ihr zu reden, obwohl er keine Antwort mehr bekam. Er kochte für sie, aber sie rührte nichts an. Sie war total genervt, als er sie immer wieder anhielt zu trinken. Er kochte ihr Brühe, die sie nur trank, um dann wieder ihre Ruhe zu haben, wie Kevin es ihr versprach. Laura wollte nur ihre Ruhe haben. Nichts sehen und nichts hören.

Kevin dachte sich, genau das kann ich nicht zulassen, sonst kommt sie da nie mehr wieder raus und ich verliere sie.

Sie saß in ihrem Schaukelstuhl und starrte nur Löcher in die Luft. Und das konnte sie stundenlang, Tagelang. Kevin brach es fast das Herz, seine Liebste so zu sehen, ihr nicht helfen zu können. Sie weigerte sich, auch zum Arzt zu gehen. Kevin nahm sich Urlaub und hörte nicht auf, mit Laura zu reden. Obwohl er keine Antwort bekam, wollte er, dass sie dann wenigstens zuhörte. Nach drei Wochen sprach Laura zum ersten Mal wieder mit Kevin. Sie sagte: »Ich will Bücher darüber lesen. Ich will es verstehen können.« Kevin hätte im Zimmer tanzen können, so freut er sich, als er wieder ein Wort von Laura hörte. Er wusste aber, dass er es nicht zeigen durfte. Er sagte zu ihr: »Geh ins Internet und kauf, was immer du möchtest.« Kevin dachte sich, vielleicht bekomme ich sie so aus ihrer Depression heraus. Ihr PC war sonst immer ihr Ein und Alles.

So langsam begann sie, wieder mehr zu reden. Das traurigste Weihnachten war vergessen, alles war nicht wichtig, nur das Laura wieder mit ihm sprach. Er küsste sie ganz vorsichtig auf die Stirn. Laura ging wirklich an den PC und bestellte sich diverse Bücher. In der Zwischenzeit wollte sie die Gerichtsakten wegen ihrer Alimente genauer lesen. Kevin setzt sich zu ihr auf die Couch und sie lasen alles zusammen. Laura kamen immer wieder die Tränen.

Wer war denn nun ihr richtiger Vater – oder besser Erzeuger? *Es standen ja einige zur Auswahl, dachte Laura sarkastisch.* Und dort stand es schwarz auf weiß, dass im Kinderzimmer noch das Dach fehlte. Laura war total geschockt. Einiges was sie in den Flashbacks sah, konnte sie nun nachlesen. Sie sagte zu Kevin: »Jetzt verstehe ich auch, warum meine Mutter nie wollte, dass ich zum Arzt ging. Sie hatte Angst, dass etwas heraus kam. Eher hätte sie mich sterben lassen.« Kevin hielt sich zurück mit seiner Meinung über seine Schwiegereltern. Er wollte Laura nicht gegen sich aufbringen. Laura ging auch in Foren für missbrauchte Frauen. Aber dort waren nur die ganz schweren Fälle. Frauen, die sich die Arme aufritzten. Zwei von ihnen waren in Kliniken, wo man ihnen noch eine Mitschuld an den Missbrauch gab. Man zog so die Frauen noch noch weiter hinunter. Sie lernte dort Barbara kennen, mit der sie sich ein bisschen anfreundete. Barbara wurde von ihren Opa missbraucht. Damals war sie 16 Jahre alt. Sie ging noch mit 74 Jahren weiter in Therapie. Und sie hatte immer noch Ängste nichts alleine tun zu können. *Nein, dachte sich Laura, ich gehe ganz sicher zu keinem Psychologen.*

Barbara brach in Panik aus, wenn ihr Psychologe einmal nicht erreichbar war. Laura wollte nicht so enden, wie Barbara. 58 Jahre Therapie konnten ihr nicht wirklich helfen, das war für Laura ungeheuerlich. Barbara hat mit 35 Jahren geheiratet, weil sie glaubte, dann nicht mehr von anderen Männern angestarrt zu werden. Kurz nach der Hochzeit erfuhr sie, dass ihr Ehemann es mit seiner Schwester getrieben hatte. Und trotzdem blieb Barbara bei ihm. Laura ging aus dieser Gruppe schnell wieder raus. Das konnte für sie keine Hilfe sein.

Sie wusste, sie musste einen anderen Weg finden, damit fertig zu werden. In der Zwischenzeit kamen ihre Bücher. Das Buch von Karin Jäckel – Monika B. Ich bin nicht mehr eure Tochter, *ein Mädchen wird von seiner Familie jahrelang misshandelt* – las Laura in einer Nacht durch. Sie erzählt Kevin, dass dort ganz viel beschrieben wurde, was man ihr antat. Kevin unterstützte Laura mit allem. Er war einfach für sie da und hörte sich geduldig an, was sie in den Büchern las. Aber richtig geholfen hatte ihr erst das Buch von Ellen Bass &

Laura Davis »Trotz allem.« *Wege zur Selbstheilung für Frauen, die sexuelle Gewalt erfahren haben.*

Sie machte einige Übungen, die dort beschrieben wurden. So schrieb sie auch einen Brief an ihren toten Stiefvater und fragte ihn, warum er sie so quälte, auch ihre Mutter fragte sie: »Warum hast du mir nie geholfen?« Natürlich schickte sie die Briefe nicht ab, ging ja nicht, aber es half ihr ein bisschen, damit fertig zu werden. Laura fand die Bücher, die Männer geschrieben haben gar nicht gut. Viele kamen ihr von oben herab vor. Es gibt bestimmt auch gute Bücher, die von männlichen Autoren geschrieben wurden, aber die fand Laura zu dieser Zeit nicht.

Sie lernte mit der Zeit, dass sie ihrem Täter vergeben musste, aber niemals die Tat. Anfangs hatte sie damit große Probleme. Wie sollte man so einem Menschen jemals vergeben? Mit der Zeit merkte Laura aber, dass ihr Herz nicht mehr so schwer war, als sie es tat. Auf einmal konnte sie auch ihre Schwester verstehen, die sich ganz von der Familie zurückzog. Das war wohl ihre Art mit dem Erlebten zurechtzukommen. Laura hoffte, dass sie halbwegs ein schönes Leben hat.

Das Einzige, was Laura machen ließ, war eine Hypnose. Es klappte auch gleich und so erfuhr sie, dass sie nicht mehr attraktiv sein wollte, um niemals wieder Freiwild für die Männer zu sein. Kevin sagte zu ihr danach, egal wie sie aussieht oder wie sie sich kleidete, für ihn wird sie immer die schönste Frau der Welt sein. Laura kamen die Tränen, als sie das hörte. Na hoffentlich denken nicht alle Männer so, sagte sie.

Eines Tages sagte Kevin zu Laura: »Du kannst stolz auf dich sein, denn du hast schon viel erreicht und du wirst noch mehr in deinem Leben Positives erreichen. Du bist eine Überlebende und du hast es mit Bravour geschafft. Sei stolz, dass du es immer wieder schaffst, dir deine Zukunft nicht von deiner Vergangenheit kaputtmachen zu lassen. Es ist nicht deine Schuld, was passiert ist. Ich stehe immer zu dir.« Laura war sehr glücklich, als Kevin das sagte. Und sie freute sich über das Kompliment. Und ja, sie konnte bestätigen, dass Kevin immer hinter ihr stand, sie nie fallen ließ.

Nach vielen Wochen fing Laura an, über ihren Missbrauch zu reden. Bisher dachte sie, sie wäre ein Einzelfall von diesen Grausamkeiten. Weit gefehlt, erkannte sie. Fast jede(r) 2. mit der/dem sie sprach hatte selbst oder einen Angehörigen, der/dem es auch passierte. Nicht immer waren es die Eltern. Verwandtschaft, Freunde, Bekannte, Fremde, alles war vertreten. Das machte Laura sehr betroffen. F Fast alle trauten sich nicht, darüber öffentlich etwas zu sagen. Laura hofft, dass die Lobby der missbrauchten Kinder sich mehr und mehr vergrößert. Sie sah einmal die Jerry-Springer Show aus den USA, und die erschütterte sie. Da gehen Familienmitgliedern aufeinander los, weil die Mutter mit dem Sohn, Schwiegersohn die Betten getauscht hat. Und manche wollten sich in der Show auch prügeln. Das war für Laura so unglaublich. Und das war nicht nur Show. Und leider hörte man später auch, dass es zu Suiziden kam, weil sie mit der Situation nicht mehr zurechtkamen, auch noch öffentlich verhöhnt zu werden. Manche freuten sich, dass sie der eigenen Tochter den Mann/Freund wegnahmen. Genauso ging es den Söhnen. Nein, das ist nicht Lauras Welt.

Genauso wie der Missbrauch durch die Kirche, Politiker, Lehrer und viele mehr bekannt wird, aber nur selten geahndet wird. Es muss endlich aufhören, dass Kinderseelen kaputt gemacht werden.

Kevin war sich nun ganz sicher, dass Laura nicht auf den wahren Prinzen mit dem weißen Schimmel wartete, wie er einmal glaubte. Nur weil Laura anders war, als ander Frauen. Er lebt von nun an mit Laura ein glückliches und zufriedenes Leben, Wenn sie heute einmal einen Durchhänger hat, die Dämonen und Ängste anklopfen, dann fängt Kevin sie liebevoll auf. Laura hatte es mit Kevins Liebe und seiner unendlichen Geduld geschafft und wurde damit die wirklich wahre Siegerin. Er war sehr stolz auf sie.

Laura sagte zu Kevin: »Du bist für mich die Entschädigung meiner missglückten Kindheit. Ich danke dir, für alle deine Hilfe und Liebe.«

Nachwort:

Die Statistik zeigt die Anzahl der polizeilich erfassten Fälle von sexuellem Missbrauch von Kindern pro 100.000 Einwohner in Deutschland in den Jahren von 2001 bis 2014. Im Jahr 2001 wurden auf 100.000 Einwohner in Deutschland 18,4 Fälle von sexuellem Missbrauch von Kindern polizeilich registriert. Abgebildet werden die Fälle von sexuellem Missbrauch von Kindern gemäß §§ 176, 176a, 176b StGB. Bei diesen Straftaten drohen dem Täter Freiheitsstrafen von bis zu 10 Jahren. *Quellennachweis Seite 172.*

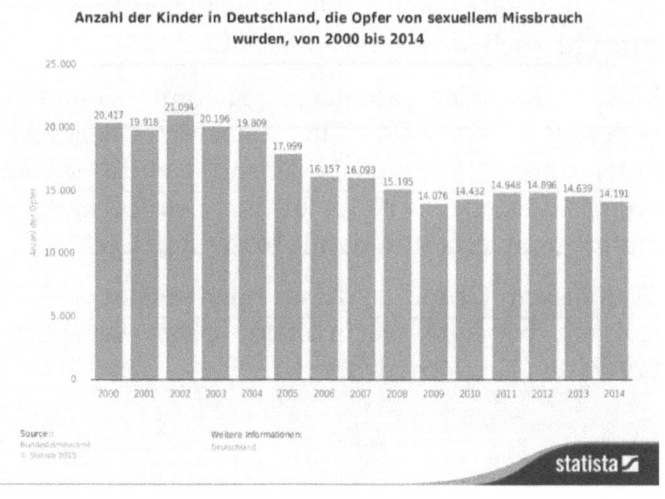

Anzahl der Kinder in Deutschland, die Opfer von sexuellem Missbrauch wurden, von 2000 bis 2014

Die Dunkelziffer dürfte um ein vielfaches höher sein. Gewalt gegen Kinder ist in Deutschland immer noch trauriger Alltag. Es ist auch ein signifikanter Anstieg bei der Kinderpornografie zu verzeichnen, wie man der Presse entnehmen kann.

Nach meiner Meinung wird diese Tat mittlerweile fast als Kavaliersdelikt angesehen. Die Opfer leiden zeitlebens darunter. Viele leiden an Depressionen, sind selbstmordgefährdet und kommen mit ihrem Leben nicht mehr zurecht. Ihr Trauma wird sie ein Leben lang begleiten. Die Albträume sind extrem schlimm für die Betroffenen. Wer nicht das Glück hat, von der Familie aufgefangen zu werden – so der Missbrauch nicht in der Familie stattgefunden hat - der hat kaum eine Chance im Leben zu bestehen. Die Betroffenen brauchen einen Menschen, der die Auffängt.

Einigen hat eine jahrelange Therapie geholfen, andere schafften es mit Literatur und/oder Selbsthilfegruppen. Jeder »Überlebende« wird seinen Weg finden, aber es bleibt an einem ein Leben lang haften. Man lernt nur, damit besser umzugehen.

Aus diesem Grund ist dieses Buch entstanden. Es soll ein bisschen wachrütteln, denn wegsehen, bringt den Kindern nichts.

Danke

Danke an meinen wundervollen Mann Karl be-
danken. Er hat mich immer unterstützt, ist mir
immer ein guter Gesprächspartner und hat es sehr
stark befürwortet, dass dieses Buch geschrieben
wurde. Karl, ich danke dir für die vielen Nächte,
die wir diskutieren konnten.

Danke an Herrn Dr. Frank Wittendorfer Leiter
Siemens Archiv, Siemens AG für die freundliche
Genehmigung, mich aus dem Siemens Archiv be-
dienen zu dürfen.

Danke an die Firma Statista GmbH für das freundliche Veröffentlichungsrecht der Grafik der missbrauchten Kinder in den Jahren von 2001-2014.

Danke an Gerda Kern, für deine Geduld mit mir
und für deine hilfreichen Anmerkungen. Deine
Poser runden das Bild auf dem Buchcover ab. Du
gibst nie auf, das Passende zu kreieren.

Danke an Elisabeth Ehret, ich weiß, liebe Elisabeth,
dass du eigentlich keine Sonderwünsche mehr
machst. Ich fühle mich geehrt, dass du bei mir
eine Ausnahme gemacht hast.

Danke an meine liebe Freundin Ilona Hambitzer,
für deine Geduld mit mir. Du hast mir mit Rat und
Tat immer zur Seite gestanden, obwohl ich weiß,
dass du im Moment eine sehr schwierige Zeit hast.
Danke für deine Hilfe.

Danke an David Surmann, auf seiner Facebook Seite kann rege mitdiskutiert werden. Niemand sollte wegschauen. Es gibt sehr viele Information über das gesamte Thema.

Danke an Stefan Schweiger, Chefredakteur Online Wort & Bild Verlag für die freundliche Genehmigung, dass ich mich aus einzelnen Passagen der Apotheken Umschau.de mit Beiträgen von Dr. Christian Stiglmayr, bedienen durfte.

Danke an die Mitarbeiter des Verlages Tredition, für die reibungslose Veröffentlichung meines Buches.

Quellennachweis

Seite 9, ©Dr. Frank Wittendorfer Leiter Siemens Archiv, Siemens AG

Seite 44-46, ©Stefan Schweiger Chefredakteur Online Wort & Bild Verlag http://www.apotheken-umschau.de/Psyche/Dissoziative-Stoerungen-Das-hilft-333209.html

Seite 166, ©Firma Statista GmbH, Frau Sina Borowski, Key Account Manager http://de.statista.com/statistik/daten/studie/1586/umfrage/sexueller-missbrauch-von-kindern/

Buchempfehlung:

Hier möchte ich zwei Bücher aufgreifen, die es Wert sind gelesen zu werden.

Trotz allem von Ellen Bass & Laura Davis
Wege zur Selbstheilung für Frauen, die sexuelle Gewalt erfahren haben.

Monika B. Ich bin nicht mehr eure Tochter von Karin Jäckel.
Ein Mädchen wird von seiner Familie jahrelang misshandelt.
Und sie bringt den Mut auf, ihre Peiniger auch nach Jahren anzuzeigen. Meine Hochachtung.

Opferhilfe:

Ich kann natürlich hier nur einen kleinen Auszug an Opferhilfe angeben. Ich bitte um Verständnis. Im Internet gibt es noch viel mehr Adressen zu finden:

http://www.dunkelziffer.de/home/

http://www.bmg.bund.de/themen/krankenversicherung/leistungen/opferhilfe-sexueller-missbrauch.html

http://www.ndr.de/ratgeber/Welche-Beratungsstellen-bieten-Opferhilfe,kindesmissbrauch243.html

Auf Facebook gibt es eine sehr interessante Seite. Der Slogan ist absolut richtig, Wegschauen geht nicht. Helfen auch Sie, schauen Sie nicht weg. Jeder kann dort mitdiskutieren:
https://www.facebook.com/aktivgegenkindesmissbrauch?ref=profile

Weitere Bücher der Autorin:

Tinka, der kleine Kobold ist eine Malteserhündin. Sie selbst erzählt aus ihrem Leben. Sie kommt mit 12 Wochen in ihr neues Zuhause. Frauchen und Herrchen hat sie sofort im Sturm erobert. Nicht so die dort lebende Malteserhündin Penny. Sie sieht Tinka als Eindringling in die Dreierbeziehung. Tinka lässt nichts unversucht, um das Herz von Penny zu gewinnen. Nach vielen Hürden und langen Wochen ist es endlich soweit. Sie wurden Freunde, die gemeinsam durch dick und dünn gingen.

ISBN 978-3-8495-9325-4 (Hardcover)
ISBN 978-3-8495-9324-7 (Paperback)
ISBN 978-3-8495-9326-1 (e-Book)

https://tredition.de/

„Pennys Vermächtnis" ist eine wahre Geschichte von einer Malteserhündin, die über die Regenbogenbrücke ging. Sie erzählt noch einmal aus ihrem Leben, wie sie nach langer

Ausnutzung als Showhund einfach ihre Identität verlor und regelrecht weggeworfen wurde. Wie sie sich mit ihrem Charme selbst ihre neue Familie aussuchte, wo sie zum ersten Mal in ihrem Leben Liebe und Zuneigung fand. So lernte sie eine ganz neue Welt kennen. Nach einem Umzug in ein fremdes Land schleicht sich Tinka, ein Malteserwelpe ungefragt in ihr Leben. So übernimmt sie doch noch einmal die Mutterrolle mit Bravour.

ISBN 978-3-7323-2456-9 (Hardcover)
ISBN 978-3-7323-2457-6 (Paperback)
ISBN 978-3-7323-2458-3 (E-Book)

Zeitfracht Medien GmbH
Ferdinand-Jühlke-Straße 7
99095 Erfurt, Deutschland
produktsicherheit@kolibri360.de